KB242550

해파리 만개

해파리 만개

해파리 만개

김초엽 짧은 소설

박지숙 그림

마음산책

김초엽

2018년부터 작품 활동을 시작했다. 지은 책으로 소설집 『우리가 빛의 속도로 갈 수 없다면』 『방금 떠나온 세계』 『양면의 조개껍데기』, 짧은 소설집 『행성어 서점』, 중편소설 『므레모사』, 장편소설 『지구 끝의 온실』 『파견자들』, 산문집 『책과 우연들』 『아무튼, SF게임』, 논픽션 『사이보그가 되다』(공저) 등이 있다.

해파리 만개

1판 1쇄 발행　2026년 4월 30일
1판 3쇄 발행　2026년 5월 15일

지은이　　　김초엽
그린이　　　박지숙
펴낸이　　　정은숙
펴낸곳　　　마음산책

담당 편집　　김수경
담당 디자인　한우리
담당 마케팅　권혁준·김근희
경영지원　　박지혜

등록　　　　2000년 7월 28일(제2000-000237호)
주소　　　　(우04043) 서울시 마포구 잔다리로3안길 20
전화　　　　대표 | 362-1452　편집 | 362-1451　팩스 | 362-1455
홈페이지　　www.maumsan.com
블로그　　　blog.naver.com/maumsanchaek
엑스　　　　x.com/maumsanchaek
페이스북　　facebook.com/maumsan
인스타그램　instagram.com/maumsanchaek
전자우편　　maum@maumsan.com

ISBN　　　　978-89-6090-987-8 03810

* 책값은 뒤표지에 있습니다.

해파리들은 기능이 없고, 쓸모가 없고,
그저 존재할 뿐이다.
하지만 그것들은 존재하기 때문에
무언가를 할 것이다.

이번 소설들은 '놓일 곳'을 상상하며 썼다. 종이보다 먼저 놓일 곳. 물감 자국이 뚜렷한 그림 옆이나 전시장의 어두운 삼각형 공간 안 책상 또는 검은 도판 위. 전자음악이 들려오는 공연장.

거기 놓일 이야기들은 각각 다른 세계의 조각을 담고 있다고 상상했다. 어느 날 갑자기 낯선 세계에 던져진다면, 나는 그 세계를 결코 한눈에 파악하지는 못할 것이다. 새도 아니고 키 큰 나무도 아니니까. 땅에 바짝 발 붙인 채 정처 없이 걸어가며 파편들을 주워야 할 것이다. 의미를 알 수 없는 유리 조각이나 나뭇가지 같은 것이 잡히고, 멀리서 실려 온 냄새, 물기, 말소리 들이 피부에 들러붙을 것이다. 길을 다 통과할 때까지도 겪은 일들을 명료하게 설명할 수 없을 것이다.

그 모든 파편 사이를 헤매다 한참을 멀어진 다음에야 '아, 그런 세계였지' 생각하게 될지도 모른다.

어쨌든, 멀리 가고 싶어 하던 이 소설들은, 다시 종이 위에 놓였다.

2026년 봄
김초엽

차례

쓸모없는 것은
정말로 쓸모없는 것일까?

모래 이야기

0.

모래는 순간을 멈추는 능력을 지닌 소녀였다. 모래에게
는 지루한 일상 속 어떤 순간을 멈춰 세운 다음 낯설게 바
꾸는 힘이 있었다. 공기에 색이 입혀졌고 냄새에 질감이 새
겨졌다. 평범하던 풍경의 규칙과 논리가 뒤집혔다. 바닥에
부서지는 햇빛은 손끝이 움츠러들 만큼 차가운 파란색이었
고 어깨를 축축하게 적시는 빗물은 산뜻한 노란색이었다.
사람들은 모래가 붙잡은 이상하고 아름다운 순간들을 사랑
했다. 분명 언젠가는 겪어보았던 순간들, 그러나 단 한 번
도 이런 방식으로는 경험해보지 못했던 순간들.

하지만 모래에게는 사실 누구에게도 말하지 못한 고민이
있었다.

어느 날 모래는 세상에서 사라져보기로 결심했다.

1.

어렸을 적 모래가 살던 동네를 휩쓴 늦가을 태풍으로 집
앞 단풍나무가 뚝 부러진 날의 일이다. 모래는 부러진 나무
밑동에서 조그마한 갈색 정령이 빠져나오는 것을 보았다.
정령은 사람들 몰래 도망쳐 다른 나무로 옮겨 붙으려던 참
이었는데, 빤히 자신을 바라보는 모래를 눈치채고는 얼굴
이 바닥에 흩어진 단풍나무 이파리처럼 확 붉어졌다. 모래
는 갈색 정령에게서 한 발짝 떨어져 있었는데도 그 정령을
만지면 아주 끈적하리라는 것과, 찍어 맛보면 쿰쿰한 맛이
나리라는 사실까지 알 수 있었다. 모래가 물었다.

—너, 어디 가?

정령은 경계하듯 모래를 노려보더니 후다닥 움직여 다

른 단풍나무로 옮겨 갔다. 하지만 그 나무에는 이미 자리를 잡은 또 다른 정령이 있었다. 모래는 흥미진진해졌다. 이제 어쩌려고 할까?

재미있게도 두 정령은 싸우기 시작했다.

모래는 먼저 자리 잡은 빨간 정령과 부러진 나무의 갈색 정령이 투닥거리는 모습을 구경했다. 정령들이 저들끼리 어떤 말을 쓰는지는 알 수 없었지만, 둘 사이의 신경전과 열기가 느껴졌다. 시간이 지나도 좀처럼 싸움이 마무리될 것 같지 않자 한참을 지켜보던 모래는 조금 지루해졌다. 그래서 쪼그려 앉아 갈색 정령을 손으로 떼어냈다. 모래가 물었나.

-늦게 온 쪽이 양보해야 하는 거 아니야?

갈색 정령이 인정할 수 없다는 듯 마구 버둥거렸다.

-포기해. 세상에는 나무가 많아. 내가 다른 데로 데려다 줄까?

갈색 정령은 갑자기 모래의 손가락 끝을 콱 깨물었다.

-아프잖아!

모래가 화들짝 놀라 손을 털어내자 정령이 허공으로 떨어져 나갔다. 그때였다. 갈색 정령의 궤적을 따라 초록색, 흰색, 노란색의 선명한 무늬가 점점이 찍혔다. 모래는 저도 모르게 자리에서 벌떡 일어났다. 바닥에 고여 있던 빗물 웅덩이에서 물이 튀었고 햇살이 물방울 위로 반짝 쏟아졌다.

모래는 그 풍경을 멍하니 바라보았다.

물방울 속에, 공기 속에, 햇살 속에 와글거리는 존재들이 보였다. 세상 어디에나 있는 것, 하지만 아주 빠르게 변하고 표면 아래에서 은밀하게 움직여 평범한 눈으로는 알아차릴 수 없는 것. 시간을 멈추지 않으면 포착할 수 없는 존재들.

허둥대는 모래의 눈빛이 풍경 끝에서 끝을 가로지를 때, 그 시선을 따라 색깔이 허공에 붙들렸다. 모래의 손가락을 깨물었던 갈색 정령은 어느새 다른 색과 질감들에 가려져 더는 보이지 않았다. 그렇지만 표면 아래 여전히 숨죽인 정령의 존재를 느낄 수 있었다.

—우와, 이거 재미있네.

모래는 중얼거렸다. 침착한 척했지만, 실은 심장이 쿵쿵 뛰었다.

2.

네가 세상을 응시하면, 그 순간은 고정될 거야.

툭 떨어진 나뭇잎 하나가 모래에게 말해주었다.

세상은 수많은 색으로 가득 차 있어서 사람들은 오히려 그 색들을 보지 못해. 이해할 수 없을 정도로 많은 것은 거의 없는 것과 마찬가지거든. 너는 그 색과 형태를 붙잡아서 순간에 가눌 수 있어. 어때, 재미있지?

모래는 자신이 지닌 힘을 알아차렸다. 온 동네를 뛰고 걷고 또 내달리며 무수한 순간들을 고정시켰다. 바다와 산과 들판과 도심과 놀이공원으로 갔다. 모래는 자신이 붙잡은 풍경들이 좋았다. 모래는 자신이 만들어낸, 오직 이 순간에만 이런 형태로 존재할 수 있는 풍경들을 사랑했다. 가끔 모래는 자신이 어떤 풍경을 영원히 붙박아버려서 그것이 변화할 가능성을 파괴하고 있다는 생각도 했다. 마치 다른 나무로 도망치려다가 모래에게 붙들려서, 허공에 영원히 박제되고 만 단풍나무의 갈색 정령처럼. 하지만 아름답다면, 그게 나쁜 일일까?

때로 초록들은 장난스럽게 달아났고 빨강은 춤추는 매듭처럼 모래의 어깨를 감쌌다. 태양은 발아래를 더 파랗게 만들거나 흰 구름을 더 하얗게 질리도록 만들었다. 대관람차, 비눗방울, 파도, 달과 호수와 손톱, 아이의 미소, 우주선. 어디에나 색이 있었고 열정이 있었고 살아 숨 쉬는 정령들이 있었다.

어느 날 돌멩이에 깃든 정령이 모래에게 말했다.

이렇게 아름다운 것들을 오직 모래 너만 볼 수 있다는 건 슬프지 않아?

그래서 모래는 다른 사람들을 풍경 속으로 초대하기 시작했다. 사람들은 멈춰 선 순간 속으로 발을 내디뎠고, 모래가 보는 것들을 모래와 비슷한 방식으로 보았고, 모래처럼 그 고정된 색과 형태가 지닌 아름다움과 사랑에 빠졌다.

3.

사람들은 모래가 붙든 풍경을 사랑했다.

한동안 모래도 그 일을 좋아했다. 세상의 아름다운 순간들을 붙들어 반짝이며 흩날리는 것들을 흐르는 시간 속에 고정해 사람들을 초대하는 일을. 사람들은 거기서 오래된 기억을 떠올리며 눈물지었고 또 그 순간을 재회할 수 있음에 기뻐했다. 모래는 행복했고 가능하다면 영원히 그 일을 하고 싶었다.

그러던 어느 날 모래는 조금 이상한 생각이 들었다. 그날따라 풍경 속에 들어온 사람들이 모래를 집요하게 바라보고 있었다. 모래가 움직이면, 움직이는 궤적을 따라 눈동자들이 쫓아왔다. 모래가 풍경 뒤에 숨으면, 숨어 있는 모래를 찾아낼 것처럼 시선들이 따라왔다. 모래는 사람들의 시선을 피해서 숨었다가 다시 나타났는데, 그러자 멈춰 있던 풍경이 이리저리 흔들리더니 색이 어지럽게 변했다.

모래는 나무 뒤에 숨어서 돌멩이에게 투덜거렸다.

—있잖아, 사람들이 이젠 항상 나를 보고 있어.

-무슨 말이야?

-나를 풍경의 일부처럼 보는 것 같아.

-그게 어때서? 너도 이곳의 일부잖아.

돌멩이가 키득거렸다. 모래는 쪼그려 앉아 돌멩이를 톡 건드렸다.

-나는…… 아니야. 난 이곳의 일부지만, 그것만은 아니야. 난 고정되어 있지 않아. 이 순간은 아름답고 반짝이지만, 난 그렇기만 한 존재는 아니야.

그리고 모래는 생각했다. 난 웃고 싶고 소리 지르고 싶어. 못생긴 표정을 짓고 울고 싶어. 사람들의 시선 끝에 멈추어 서 있고 싶지 않아. 내가 더는 이곳에 없어도, 이 풍경은 여전히 아름다울까? 하지만 내가 없어져도 괜찮을까?

모래의 생각을 읽은 돌멩이들이, 나뭇잎들이, 꽃가루와 먼지들이 와글와글 떠들어대기 시작했다.

-녹아들면 돼!

-우리랑 합쳐지는 건 어때?

-그럼 너를 아무도 못 볼 거야.

─여기로 들어와!

처음에 모래는 무서웠다.

정령들은 사랑스러운 존재다. 사람들은 정령이 만물 속에 있다는 것을 깨닫지 못하고 지나쳐버리지만, 모래에게 정령들은 어디에나 있고 늘 말을 걸어오는 어린아이처럼 순수한 친구였다. 그러나 아이 같다는 것에는 언제나 위험성이 따른다. 아이는 자신의 위력을 모른다. 힘을 정밀하게 통제할 수 없다. 어디까지 할 수 있고 어디서부터는 할 수 없는지를 모른다. 모래는 자신이 정령들의 말을 따라 그 속에 녹아들어도 괜찮은지 확신할 수 없었다.

모래는 천천히 시도해보기로 했다.

처음에는 손끝부터였다. 정령들이 몰려들어 모래의 손을 야금야금 먹어 치우는 시늉을 했다. 진짜로 먹는 게 아니라는 걸 알면서도 조금은 겁이 났다. 그래도 긴장을 풀고 힘을 빼자 약간 간지러운 느낌이 들었다.

다음에는 팔 하나를 정령들에게 맡기기도 하고, 다리를 전부 내주기도 했다. 어느 날 모래는 오직 눈만 남기고 몸

전체를 풍경 속에 감추어보았다.

정령들에게 녹아든 모래는 갑자기 무언가를 느꼈다.

자신이 멈춰놓은 줄 알았던 이 세계가, 여전히 느린 속도로 움직이고 있었다!

모래가 처음 만났던 갈색 정령이 어디선가 홀연히 날아와 모래의 어깨 위에 앉았다. 모래는 깜짝 놀랐다. 여태 갈색 정령이 어떤 순간에 완전히 고정되어서 다시는 만나지 못할 거라고 생각했기 때문이다.

—너 그때, 그 정령! 거기 붙들린 게 아니었어?

4.

갈색 정령이 키득대며 속삭인다.

—나는 늘 여기에 있었어.

—늘 여기 있었다고?

—보이는 것 아래에 멈춰 있는 줄 알았던 것들도 사실은 계속해서 움직여. 너는 한 순간을 멈춰 세웠다고 생각하지

만 사실은 그 순간조차도 표면 아래에서 끊임없이 흘러가는 거야. 네가 물감을 캔버스에 묻히면 그 물감이 고정된 것처럼 보이겠지만, 아주 긴 시간 속에서는 물감을 이루는 알갱이들이 계속 움직이고 움직여서, 결국 그림의 색과 형태도 천천히 변해가지.

ㅡ어떻게 그럴 수 있지? 난 항상 내 능력이 순간을 멈추는 거라고 생각했어.

ㅡ네가 지닌 진짜 힘은 고정하는 힘이 아니라 바라보는 힘이야. 응시하는 힘이지. 너는 세상을 바라봄으로써 이 세계가 느린 숨을 쉬게 해.

갈색 정령이 모래의 어깨를 장난치듯 톡톡 두드린다.

ㅡ그러니까 꼭 네가 '표면'에 있을 필요는 없어. 자, 더 밑으로 내려와볼래?

5.

그래서 모래는 숨을 참고, 세상의 표면 아래로 깊이 내려간다.

내가 사라져도 여전히 이 풍경은 아름다울까?

내가 이곳에 없어도 사람들은 이 순간을 계속 사랑할까?

모래를 곤란하게 만들던 질문들. 하지만 표면 아래로 완전히 내려온 순간, 덧없는 질문들은 떠나고, 영원처럼 늘어난 시간 속에서 강렬한 힘과 열기를 지니고 움직이는 세상의 요소들이 느껴지기 시작한다.

멈춘 줄 알았던 것들은 사실 멈춰 있지 않았어. 고정된 줄 알았던 것들은 단지 다른 시간의 규모를 지닌 것뿐이었어.

모래는 그제야 일게 된다. 표면 위에서도 아래에서도 모래는 변화하는 존재. 모래가 사랑하는 정령들처럼, 모래도 그 풍경 위로 나타났다가 깊이 숨어버릴 수 있다. 완전히 녹아들어 보이지 않는 순간에도 모래는 분명 그곳에 있다. 보이는 것이 아니라 바라보는 존재로.

색과 형태가 느린 시간 규모 속에서 일렁이고 서로 합쳐졌다가 흩어지고 섞여서 새로운 색과 형태를 만들고 있었

다. 선명한 모양의 나뭇잎이었다가 조각나 파란 알갱이가
되고, 눈과 입과 손과 발을 다 지닌 모래의 모습이었다가
다시 흩어져 초록색 곡선이 된다.

모래는 이제 이 세상이 유년기처럼 영원히 아름답기만
한 것이 아니라 성장하고 변화하기에 위험하다는 것을 알
수 있었다. 변화한다는 것은 불안한 발톱을 숨긴 것. 어제
의 빗줄기가 오늘의 바늘이 될 수 있는 것.

－하지만 그래서 더 멋지지 않아?

어느새 거대해진 갈색 정령이 말했다. 모래는 웃으며
갈색 정령의 등 위에 올라탔다. 마음먹으면 날아갈 수도
있다.

6.

모래는 응시하는 힘을 지닌 소녀다. 모래가 어떤 풍경과
물체를 바라보면 그것들은 순간 아주 느리게 숨을 들이쉬
고, 그때부터 평범한 시간 규모에서 보던 것과는 다른 신비

로운 색과 형태를 띠게 된다. 모래는 세상을 돌아다니며 낯설고 아름다운 것들을 발견한다. 작은 것들이 품고 있는 힘과, 그것들을 이리저리 나르는 정령들과, 그 열기와 색채가 만드는 세상 속으로 사람들을 불러들인다. 모래는 걷거나 멈추어 서서 무언가를 가만히 들여다보고 새로운 움직임을 발견하기를 좋아한다.

사람들은 모래가 발견한 세상을, 그리고 그 속의 모래를 바라본다. 모래는 완벽하게 반짝이는 풍경의 일부처럼 보인다.

하지만 때로 모래는 풍경 뒤로 몸을 감추기도 한다.

그럴 때면 꼭 그곳에는 모래도 정령도 없는 것 같다. 그렇지만 사실 모래는 아직 거기에 있다. 색과 형태 속에, 정령들 사이에 녹아들어 있을 뿐이다. 모래는 여전히 보이지 않는 표정으로 '밖'을 응시한다.

가끔, 모래와 당신이 서로를 마주 보는 일도 일어난다.

그 순간 모래와 당신은 서로를 낯선 순간 속에 붙든다.

이 시공간과 이 화폭 속에 오래도록.

결국 느린 숨을 쉬게 될 것이다.

해파리 만개에 관한 기록

해파리 만개 Jellyfish Bloom

봄에 꽃들이 만개하듯 짧은 시간 내에 갑자기 해파리 개체수가 급격히 증가하는 현상. 생태계 변화, 해수면 온도 상승 등의 요인으로 발생하며 해양생태계 먹이사슬 구조를 교란하고, 인간 활동에도 영향을 미쳐 어획량 감소, 양식장 폐사, 발전소 가동 중단 등 여러 문제를 일으킨다.

Part 1. 출몰

도시탐사자의 첫 번째 원칙은 '흔적을 남기지 말라'이다. 쇠락의 현장이든, 꽁꽁 감춰진 통제와 감시의 현장이든 있는 그대로 관찰하고 빠져나오라는 의미의 원칙이다. 하지만 타래와 나는 그 원칙을 따르지 않았다. 시놉시스가 도시에서 지키고자 하는 곳이 있다면, 그곳이야말로 우리가 망가뜨리고 싶은 곳일 테니까. 이 망할 도시 구석구석 방치된 깨진 창문과 버려진 인형 따위에서 억지로 의미를 끄집어낼 만한 사람들도 고작해야 우리 탐사자들과, 화면 너머 환호를 보내는 익명의 후원자들뿐이기도 하고 말이다. 타래와 내가 함께 탐사하던 시절, 타래는 호텔 금고에 잠입해 벌레들을 풀어놓고 옥상에서 피 묻은 컨페티를 아래로 흩뿌렸다. 시놉시스 직원들이 알아차렸을 때 지을 표정을 상상하면서.

아마도 도시탐사자의 두 번째 원칙은 '비굴하지만 몸을 사려라'일 것이다. 물론 탐사자들은 그 원칙을 입 밖으로 내지는 않는다. 떳떳하고 무모하며 반항 정신을 온몸에 두른 사람으로 포장하는 것이 우리 탐사자들의 유용한 전략이기 때문이다. 실제로 탐사자들은 대개 몸을 사리고, 모험을 하더라도 목숨까지는 걸지 않으며, 후원자들의 말을 가능한 선에서만 철저히 따른다. 그 선을 잘 지켜야 하는데, 최근에도 어떤 녀석이 절충안이랍시고 후원자가 요구했으나 너무 위험해서 잠입할 수 없던 장소를 실제로 탐사하는 것처럼 교묘하게 조작한 실시간 영상을 만든 일이 있었다. 그러나 후원자의 가상현실 탐지기가 날조된 영상이라는 걸 감지했고, 그 녀석은 응징당했다. 어쨌거나 탐사자들은 잠입 장소에서 발생할 큰 위험을 감수하기보다는 후원자의 가상현실 탐지기를 속이려고 시도하는 쪽을 더 자주 택한다.

타래에 대해서라면, 사실 타래는 많은 도시탐사자와 달랐다. 타래는 몸을 사리지도 않았고, 흔적도 마구 남겼다. 목숨이 여러 개인 사람처럼 굴었다. 극단적인 위험을 추구하며 남들이 가지 않는 곳, 잠입할 수 없는 곳, 더 높은 곳, 정복되지 않은 곳에 갔고, 누가 보아도 명백한 침입자의 흔적을 남기고 돌아왔다. 그래서 타래가 다녀온 곳은 보안이 삼엄해졌고, 다음 탐사자들이 들어가기 어려운 장소가 되었다. 당연히 다른 탐사자들의 비난을 샀지만 타래는 아랑곳 않았다. 그뿐만 아니라 타래는 후원자들의 요구도 잘 듣지 않고 오직 자신이 갈 만하다고 판단한 장소만 갔는데, 그건 타래가 그만큼 유능했기에 가능한 일이기도 했다.

그런 타래가 딱 한 번 멈춰 선 시기가 있었다. 자신과 짝을 이뤘던 내가 크게 다쳐 제대로 걸을 수 없게 된 직후였다. 당시 타래는 절뚝거리는 나를 부축하면서 다닐 수 있는, 몹시 지루하고 안전한 곳에만 갔다. 나는 타래가 나 때문에 그렇게 된 걸 견디지 못해 탐사를 그만두겠다 선언했고, 그러자마자 타래는 곧바로 위험한 장소에 다시 뛰어들었다. 타래의 얼굴에서 숨길 수 없는 호승심과 욕망을 본 나는, 타래를 동경하고 사랑하는 동시에 서운함을 느끼는 한편 또 열렬히 질시했다. 타래를 질투하고 선망하는 모든 탐사자들처럼.

타래는 종종 어느 장소에 침입하겠다고 '선언'했는데, 그렇게 선언한 곳은 언제나 어김없이 정복당했다. 폐쇄된 기밀 서류 창고, 안티시놉시스 인사들을 가둔 지하 교도소, 운영이 중단된 카지노 금고, 과거에 끔찍한 학대가 벌어졌던 수용시설, 붕괴 위험 때문에 접근 금지된 대관람차의 꼭대기까지. 타래가 앞으로 어디에 가겠다고 선언하면 늘 화제가 되었고, 후원자들과 도시탐사자들뿐만 아니라 시놉시스 역시 타래의 행보를 주목했다.

그런 타래가 하필이면 쓰레기 섬에 간다고 말했을 때, 나는 살못 들은 술 알고 되물었다.

-어딜 간다고?

-쓰레기 섬에 간다니까.

-쓰레기 섬? 왜 거길?

타래는 평소답지 않게 머뭇거렸다.

-좀 살펴볼 것이 생겼거든.

플라스틱 아일랜드라고도 불리는 쓰레기 섬은 유용한 것

이라곤 하나도 없는, 정말로 플라스틱 쓰레기로만 이루어 진 섬이다. 도시에서 버려진 쓰레기들이 해류를 타고 작은 섬 주위에 쌓이고 쌓여 거대한 섬이 되었다고 했다. 섬을 탐사한 사람들도 있었지만, 끝없이 펼쳐진 쓰레기뿐이어서 후원자들의 얄팍한 관심조차 끌지 못했다. 나는 타래가 왜 하필 그곳을 골랐는지 궁금했다.

타래가 쓰레기 섬으로 떠나던 날 아침까지도 나는 타래 가 나에게 같이 가자고 제안할지도 모른다는 기대를 했다. 쓰레기 섬은 위험할 것이 전혀 없어서, 나와 함께 잠시 산 책을 다녀오기 위한 핑계일 수도 있다고 멋대로 짐작해버 린 것이다. 탐사 일을 그만둔 이후로 나는 너무 무기력해졌 다. 시놉시스에 입사하려고도 해보았지만 시노봇과 견주어 나의 효용성을 증명할 수가 없었다. 나의 좌절은 타래의 승 부욕을 더욱 부추겼다. 타래는 최대한 빠르게 꼭대기로 올 라가서, 이 망할 도시를 뜰 만큼 많은 돈을 손에 쥐고 같이 떠나자고 했다. 어딘가 시놉시스 따위에 속하지 않은 더 나 은 도시가 있다면 그곳으로 가자고. 나는 그 말을 진심으로 믿지는 않았는데, 일단 시놉시스에 속하지 않은 도시 같은 것은 상상할 수가 없었고, 무엇보다 타래가 자기 능력에 심취해 있다는 걸 알았기 때문이다. 나는 타래가 나를 떠나버릴까 봐 두려웠고, 그 와중에 쓰레기 섬에 가겠다는 타래를 보면서 그 정도면 나도 따라갈 수 있겠다고 무심코 기대했었다.

그런데 타래는 내가 탐사대에 속한 여자아이의 응급처치를 돕는 동안 혼자 떠나버렸다. 뭐가 그리 급했던 걸까. 좀 기다렸다가 인사라도 하고 가지. 나는 타래가 돌아오면 조금은 퉁명스럽게 한마디해주겠다고 벼르며, 곧 돌아올 타래를 기다렸다.

하지만 타래는 돌아오지 않았다. 연락도 되지 않았다. 시놉시스의 추적을 어렵게 하기 위해 통신기기도 가져가지 않은 채였다. 당연히 후원자들에게 보여줄 영상 송출 장비도 없었다.

아무리 생각해도 쓰레기 섬이 위험한 곳은 아니었기에, 나는 타래가 시놉시스에게 붙잡혔을지도 모른다는 불안에 시달렸다. 열흘하고도 닷새가 지났을 때 나는 도시탐사대 그룹에 타래를 만나면 연락해달라는 공고를 냈다. 그리고 열흘이 더 지났을 때는 최근 쓰레기 섬에 다녀온 탐사자가 있는지 수소문하고 다녔다.

타래는 한 달이 지나서야 나타났다. 쓰레기 같은 몰골로.

나는 멍한 눈빛의 타래를 보았다. 물에 잔뜩 젖어 있었다. 타래의 겉옷은 투명한 젤리 혹은 비닐 같은 것들이 뭉쳐진 쓰레기로 뒤덮여 있었다. 그리고 무언가가 타래 주위를 맴돌았다. 그것들 또한 비닐과 투명한 플라스틱 조각 들이 지저분하게 뭉친 정체 모를 우산 형태였는데, 중심부의 축에서 갓으로 이어지는 부품들이 위아래로 움직이며 동력을 만드는 듯했다. 그것들은 갓 끄트머리의 촉수를 흔들어대며 타래의 머리 위에서 공중으로 휙 떠오르거나 바닥으로 툭 떨어졌다. 어떤 것은 마치 열기구처럼 둥근 몸체를 부풀려 위로 떠올랐다.

나는 그 너저분하고 유연하고 흐느적거리는 것들을 바라보다가 문득 한 단어를 떠올렸다.

해파리. 젤리처럼 투명하고, 바다를 닮은. 살아 있는 물. 그건 내가 처음으로 본 해파리였다.

✦

—해파리는 스스로 생겨난 거야.

나는 해파리들이 장난감이라고 생각했다. 쓰레기 섬에 몰래 숨어 사는 사람들이 있다고 하니까, 그 사람들이 장난 삼아 만든 모양이라고. 그런데 타래는 엉뚱한 말을 했다.

—스스로 생겨났다니?

타래와 함께 도착한 해파리들은 온종일 타래 주위를 맴돌더니 그날 밤 집 밖으로 나갔다. 그것들이 뒷골목 곳곳으로 흩어지기 전에 나는 한 해파리의 촉수를 붙잡았지만, 촉수는 젤리처럼 미끄러지며 내 손을 빠져나갔다.

쓰레기 섬에서 돌아온 타래는 한동안 말수가 무척 줄었다. 줄곧 깊은 생각에 잠겨 있었다. 해파리에게 언어를 뺏기기라도 한 것처럼. 자신이 탐사를 다녀온 장소에 대해 자랑하듯 종알종알 늘어놓기도 하던 예전과 달리, 타래는 자주 침묵했고 무기력했고 다음 탐사를 떠나는 대신 침대에 앉아 있거나 창밖을 바라보기만 했기 때문에 나는 타래가 쓰레기 섬에서 충격적인 일이라도 겪은 줄 알았다. 조심스레 그곳에서 있었던 일을 묻는 나에게 타래는 영 딴소리를 했다.

　ー우리가 하던 모든 일들 말이야.

　ー어떤 일들?

　ー잠입과 도시탐사, 아슬아슬한 모험, 그런 것들. 남들이 가지 않는 곳에 가고 후원자들로부터 환호를 받던 일들. 시놉시스에게 한 방 먹이던 일들.

　나는 타래가 그 일들을 '자신의' 일이라고 하는 대신 우리의 일이라고 말해주어서 기뻤는데, 타래의 입에서는 또다시 예상하지 못한 말이 나왔다.

　ー사실은 그조차도 시놉시스를 위한 일이었던 걸까?

　나는 아니라고, 그렇지 않다고 답하려다 입을 다물었다.

　어쩌면 그럴지도 몰랐다. 나도 예전부터 그런 생각을 했었다. 입 밖으로 꺼내지 않았을 뿐이다. 아마도 다리를 다쳤을 때. 밖으로 나가지 못하게 됐을 때. 무능해졌을 때. 아니면, 혹시, 타래와 함께 도시 곳곳을 쏘다니던 그 순간부터 이미. 타래와 내가 하는 일이 표면적으로는 이 도시를 통제하는 시놉시스에 대한 저항처럼 보이지만, 사실은 스펙터클을 팔아 생존하며 시놉시스의 체제를 굳히는 일 아닐까 생각한 적이 있었다. 도시탐사자들은 자신이 폐허든 금지된 시설이든 어디까지나 '관찰자'로서 다녀갈 뿐이라고 강조하고, 관찰자들은 아무것도 파괴하거나 개입하지 않는다. 비극과 쇠락의 장소들을 탐사하지만 비극과 쇠락이 발생한 원인은 묻지 않는다. 폐쇄된 정신병동과 수용시설에서 죽음과 고통의 흔적을 발견하지만 왜 어떤 사람들이 여기에 갇혔고, 왜 어떤 사람들이 여기서 죽어야 했는지는 묻지 않는다.

타래 역시 마찬가지였다. 타래는 좀 더 공격적인 탐사를 했고 더 위험한 곳에 잠입했고 흔적을 선명하게 남겼지만, 그건 어디까지나 악동이 벌이는 소동 정도였다. 악동의 소동은 균열에 불과하다. 시스템은 작은 균열쯤은 쉽게 봉합해버린다. 그래서 결과적으로 타래가 하는 일은 시놉시스의 보안상 결점들을 메우는 데 도움이 되었고, 타래가 다녀간 장소 중 일부는 유명해져서 잘 포장된 관광상품이 되었다. 이따금 내가 타래와 시놉시스는 일종의 공생관계라는 농담 같은 주장을 펼치면 타래는 진지하게 화를 냈다. 타래가 화를 냈던 건 그게 그저 농담이 아니었기 때문인지도 모른다.

나는 쓸쓸해진 기분으로 물었다.

－만약 그렇다고 한다면, 이제 뭘 하고 싶은데?

쓰레기 섬에 갔던 타래에게 무슨 일이 일어난 것인지 나는 모른다. 도대체 무엇을 보았기에 그런 생각을 하게 되었는지도 모른다. 분명한 건 무슨 계기가 있었든, 타래가 더는 자신의 일을 예전처럼 느끼지 않는다는 점이었다. 예전에 우리는 도시의 시스템과 통제와 감시망에 균열을 내고 있다는, 그들을 속이고 몰래 빠져나와 이 도시가 허상임을 드러내고 있다는 자부심을 가졌다. 하지만 우리가 하는 일조차 허상이라는 걸 알게 된 이후에도, 자기기만을 이어갈 수 있을까? 이제는 오직 비굴한 복무만이 있을지도 모른다. 도시에 허락된 단 두 종류의 복무. 시놉시스에 복무하는지, 아니면 반시놉시스에 복무하는지의 차이뿐이다.

타래가 말했다.

—해파리들이 물었어. 도시 밖으로 나가는 건 어떠냐고.

나는 타래가 말하는 해파리가 그 플라스틱과 비닐 쓰레기로 만든 엉성한 드론들을 일컫는 게 맞는지 궁금했고, 말을 하기는커녕 의사를 표현하는 기능조차 없는 해파리들이 어떻게 타래에게 물었는지 의아했지만, 무엇보다 불가능에 사로잡힌 것 같은 타래의 눈빛이 신경 쓰였다. 나는 말했다.

—도시를 떠나서는 살 수 없잖아. 갈 곳이 없어. 바깥은 황무지뿐인걸.

—그래? 정말로?

타래는 무신경하게 대답하며 허공에 시선을 두고 있었는데, 문득 나는 타래가 허공이 아니라 창밖을 보고 있다는 사실을 알아차렸다.

타래를 따라 창밖을 보니 사람들이 바로 앞 골목에 몰려 있었다. 창문 가까이 가자 웅성거리는 소리가 커졌다. 반지하 창문 앞을 무언가가 느리게 스쳐 갔다. 그건 아마도…….

나는 창문을 열고 고개를 내밀어 바깥을 살폈다. 사람들이 소리를 지르며 허공을 가리켰다.

투명한 비닐 조각들을 길게 늘어뜨린 해파리들이 공중을 부유하고 있었다. 수십, 아니, 수백 마리쯤 되어 보였다.

+

플라스틱 아일랜드는 폐허가 아니라 생태계였다고 타래는 말했다.

그건 쓰레기로 이루어진 생태계야. 누가 먼저 그런 쓰레기 섬에 살기 시작했는지, 왜 하필 쓰레기들을 모아 집을 지었는지, 그리고 누가 이 해파리들을 만들었는지는 몰라. 해파리들도 모른다고 했어. 해파리들은 스스로 생겨난 것

일 수도 있어. 원시 수프 속에서 생겨난 최초의 생물처럼 말야. 오류를 일으킨 드론과 오류를 일으킨 시노봇과 쫓겨 난 사람들과 폐기 처분된 금속 부품들의 열탕 속에서 뭔가 가 일어난 거지. 그러니까 해파리는 오류와 우연이 만든 존 재, 태생부터 오류와 우연으로 생겨난 존재야. 해파리에게 는 목적도 없고 쓸모도 없어. 그것들은 그냥 거기에 존재 하기 시작했고, 증식할 수 있기 때문에 증식하기 시작했어. 해파리들은 이 도시에 어울리지 않지. 그것들은 쓸모없고, 아무 기능이 없고, 애초에 기능을 가지려는 의지조차 없으 니까. 길거리의 시궁쥐를 박멸하고 노숙자들을 깨끗하게 정리한 것처럼, 시놉시스는 해파리를 몰아내려고 하겠지. 하지만 쉽지 않을걸. 왜냐하면 해파리들이 유일하게 할 줄 아는 일, 좋아하는 일은 퍼져나가는 것……. 저들의 몸집뿐 만 아니라, 실체뿐만 아니라 질량과 부피를 지닌 생각을 증 식하는 것. 그러니까 이런 생각 말이야.

쓸모없는 것은 정말로 쓸모없는 것일까?

✦

타래가 도시탐사를 멈추자 다른 도시탐사자들이 나를 찾아와 타래가 왜 도시탐사를 관둔 건지 물었다. 요즘 경쟁에 불이 붙지 않는다고, 이제 후원자들이 지루해한다고 투덜거렸다. 타래는 질시의 대상인 동시에 도시탐사라는 비즈니스에 활기를 불어넣는 존재이기도 했던 것이다. 이상하게 타래는 더는 그런 것에 관심이 없어 보이면서도 여전히 눈빛을 반짝였다.

─아니, 난 안 관뒀어. 지나친 걸 다시 보는 거야.

그러더니 타래는 자신이 지금까지 탐사했던 정신병동과 하수구 터널과 지하 감옥을 다시 가보고 있다고 했다. 나는 타래가 이전까지는 한 번 갔던 곳에 다시 가는 법이 없었으며, 지나온 길에 미련을 갖지 않았다는 걸 알아서 놀랐다. 이제 타래는 스물다섯의 몸에 갇힌 일흔 살 할머니처럼 지나온 길만 되돌아보는 사람이 된 걸까. 나는 혼란스러웠다. 타래가 왜 그러는지 이해할 수 없었지만, 한편으로 기묘한 해방감을 느끼기도 했다. 타래가 드디어 멈춰 서서 기쁜 걸까. 위로만 향하는 타래가 나에게서 점차 멀어져 괴로웠던 걸까. 너무 갑자기 달라진 타래가 나는 두렵기까지 했다.

어느 날 타래는 제안했다.

—있지, 괜찮으면 같이 갈래? 우리가 같이 갔던 제2구역 하수구 터널 기억나?

나는 타래와 탐사했던 기나긴 지하 터널을 떠올렸다. 분명 숨이 막힐 정도로 매혹적인 탐사였다. 하지만 이미 모두 탐사된 지역인데, 거기서 무슨 일을 벌이는 걸까? 궁금했고, 타래와 함께 가고 싶었지만, 갈 수 없었다. 도저히 이 욱신거리는 다리와 조금만 달려도 찌르는 듯한 통증을 느끼는 몸으로는 갈 수가 없었다. 내가 고개를 저었다.

—나 대신 보고 와. 돌아와서 말해줘.

애써 웃으며 대답하는 나에게 타래는 묘한 표정을 지었다. 나는 순간 굳이 그런 제안을 한 타래가 잠시 미워졌다.

분명 새로운 도시탐사를 멈추었는데도 타래는 이전보다 더 바빴다. 하루나 이틀씩 연락이 끊겼다가 다시 나타났고,

나는 계속 집에서 타래를 기다렸다. 그 무렵 나는 타래가 이상한 일을 꾸미고 있다고 확신했는데, 텔레비전에서 해파리와 관련된 뉴스가 유독 자주 나왔기 때문이다. 그 해파리들은 타래와 함께 나타난 해파리들이 분명했다. 타래는 내 말을 부정했다.

―전부 날 따라온 녀석들은 아니야. 이 도시의 모든 것이 해파리에게는 좋은 놀잇감이거든. 그래서 소문을 들은 해파리들이 몰려들고, 빠르게 증식하기 시작한 거지.

나는 어리둥절해져 물었다.

―해파리가 여기서 뭘 가지고 노는데? 쓰레기?

타래는 씩 웃으며 말했다.

―해파리는 생각을 가지고 노는 걸 좋아해.

―어떤 생각?

―당연한 것이 당연하다는 생각.

나는 타래가 정말로 이상해졌다고 생각했다.

✦

도시와 인근 바다에 해파리가 급증하면서 발전소 앞바다로 해파리들이 잔뜩 밀려와 정전을 일으켰다. 도시의 쓰레기처리장이 해파리로 막혀 폐쇄되곤 했다. 그뿐만 아니라 해파리는 도시 곳곳에서 도로를 막고, 대중교통을 마비시키고, 출퇴근길을 더 혼잡하게 해서 사람들을 불편하게 만들었다. 시노봇들도 해파리가 보이는 족족 멈춰 세워 제거하려고 야단법석이었다. 하지만 해파리에게는 생물의 뇌와 같은 코어가 존재하지 않기 때문에 멈추기란 쉽지 않았고, 해파리를 애써 망가뜨려도 폐기된 쓰레기 더미에서 다시 생겨났다.

시놉시스는 해파리를 만들어내는 해커들이 있다고 추측했다. 그러면서 해파리를 만드는 사람들을 발견하면 신고하라고 뉴스를 통해 매일같이 윽박질렀다. 도시 곳곳과 공장과 사무실에 침투한 해파리들이 시노봇을 방해해서 시놉시스는 엄청난 손해를 봤다. 시노봇들이 해파리 때문에 알고리즘 오류를 일으키거나 게을러져서 업무 효율성이 떨어지면, 해파리에 영향을 덜 받는 인간이 그 자리를 대체

했다. 특히 시놉시스 칩을 이식하지 않은, 그래서 지금까지 미고용 상태였던 사람들이 해파리의 영향을 덜 받았다. 하지만 그런 사람들 대부분은 시노봇보다 업무 효율성이 훨씬 떨어졌으므로 시놉시스는 해파리로 인해 막대한 경제적 타격을 입었고, 손실은 나날이 커져만 갔다. 시민들 사이에서 해파리에 대한 의견은 엇갈렸다. 해파리 덕분에 오히려 일자리를 얻은 사람들도 있었지만, 원래 시놉시스에 고용되어 있던 사람들은 그들을 무임승차자로 여기며 화를 냈다.

한편 해파리에 대한 보도가 늘어날수록, 그것에 흥미를 가지는 사람들도 늘어났다. 타래는 그 이상한 관심의 중심에 있는 듯했다. 타래를 찾는 사람들이 늘어났고, 타래에게 연락이 닿지 않을 때 나에게 타래의 행방을 묻는 사람들도 많아졌다. 나는 모른다고 둘러대거나 오히려 엉뚱한 대답을 함으로써 타래를 숨겼지만, 점차 불안감에 휩싸였다. 타래는 어디 가 있는 걸까. 요즘 뭘 하는 거지. 왜 나에게는 알려주지 않을까. 문득 타래가 나에게 과거에 탐사했던 지역들로 다시 같이 가자고 제안했던 것이 떠올랐다. 혹시 타래는 지금도 하수구 터널에, 폐쇄된 교도소와 병동에 가 있을까?

어느 날 한밤중에, 문을 쾅쾅 두드리는 위협적인 소리에 깨어났다. 밖에서 사이렌 소리가 요란하게 울렸다. 심상치 않은 일이 벌어진 것 같았다. 커튼을 걷는 대신 주방 창문을 통해 밖을 내다보자, 집 앞에 경찰들이 와 있었다. 그리고 골목 여기저기 설치된 광고용 스크린에 붉은색 경고문이 떠 있었다. 통행금지. 나는 문 두드리는 소리를 끝까지 외면하고 싶었지만 경찰들은 도무지 떠날 생각이 없어 보였고, 심지어 문을 부수고 들어올 기세였으므로 어쩔 수 없이 책상 위에 널브러진 타래의 물건들을 서랍에 쑤셔 넣은 다음 문을 열었다.

─무슨 일인데요?

나는 애써 방금 막 깬 사람처럼, 아무것도 모르는 사람처럼 물었다. 타래를 찾는 중이라는 경찰에게 나는 타래의 연인이었지만 이미 몇 달 전에 헤어졌으며, 돌아오지 않는 타래에게 화가 나 있고, 그런 인간 이야기는 하기도 싫다는 식으로 연기했다. 경찰은 의심의 시선을 거두지 않고, 집 안을 잠시 살펴보겠다고 했다.

경찰들이 집을 샅샅이 뒤져 타래의 물건을 찾아내려는 동안 나는 점차 초조해지고 미칠 지경이 되었다. 나 역시 타래의 행방을 모르니 저런 물건들 몇 개가 곧바로 단서가 되지는 않겠지만, 이건 타래가 지금 경찰들에게 쫓기고 있다는 이야기였다. 무엇보다 이 사실을 알지 못하는 타래가 무심결에 집으로 돌아오기라도 한다면……. 나는 경찰들이 아직 보지 않은 욕실로 들어가 일부러 큰 소리를 내며 욕실 물건들을 와르르 떨어뜨린 다음, 날카롭게 깨진 타일로 허벅지를 그었다. 경찰들은 무슨 일인가 싶어 다가왔다가 나의 처참한 몰골에 황당한 표정을 지었다. 나는 더듬거리며 말했다.

─죄송해요. 다리가 이래서. 넘어졌는데…… 지금 집에는 뭐가 없어서, 나가서 지혈할 것을…….

─이봐요. 밖은 통행금지요.

경찰 하나가 단호하게 말했지만 그도 카펫에 피가 뚝뚝 떨어지는 것을 보고는 미간을 찌푸리며 뒤로 한 걸음 물러났다. 나는 다리를 질질 끌며 집 밖으로 나가, 복도 끝에서 가지고 나온 붕대로 다리를 동여맨 다음 달리기 시작했다. 통증 때문에 터져 나오는 비명을 억누르며 뛰었다. 달려서, 타래를 찾아내야 했다. 집으로 돌아오면 안 된다고, 멀리 도망치자고 말해야 했다. 오늘 아침 다녀온다고 말하던 타래를 떠올렸다. 어디 간다고 했더라? 행선지를 정확히 말해주지는 않았지만 짚이는 곳이 가까이에 있었다. 함께 가자고 했던, 하지만 내가 거절했던 곳. 달리는 내내 사이렌이 미친 듯이 울렸다. 도시의 모든 스크린에 붉은색 통행금지 표지가 떠 있었다. 신음을 꾹 참으며 달리고 달렸을 때, 나는 멀리서 타래의 실루엣을 알아보았고 거의 동시에 그쪽으로 접근하는 경찰들도 보았다.

—안 돼!

비명을 지르며 속도를 높이려고 했지만 도저히 더 빨리 뛸 수가 없었다. 그 순간 타래의 실루엣이 눈앞에서 휙 사라졌고, 경찰들은 여기저기 손전등을 비췄다. 나는 주춤하며 뒷걸음질 쳤다. 어디로 가야 할지 몰랐다. 타래가 경찰들에게 잡히면 어쩌지? 내가 경고해주기도 전에…….

그때 무언가 내 발목을 붙잡았다.

아래를 내려다보았다. 해파리의 촉수였다. 길고 부드러운 플라스틱 비닐 촉수가 내 발목을 감싸고 있었다. 그것은 꺾인 골목으로 이어졌고 맨홀 덮개 아래로 연결되어 있었다. 나는 바닥에 무릎을 꿇었다.

─소라야, 이쪽으로.

익숙한 목소리가 아래에서 내 이름을 정확히 불렀다. 겁이 났지만, 타래와 예전에 하던 것을 떠올려 맨홀 덮개 양쪽의 핀을 땄다. 덮개를 여러 번 흔들자 헐거워져서 열 수 있었다. 아래로 내려가는 건 다른 문제였다. 다리를 내 뜻대로 쓸 수가 없었고, 심지어 허벅지를 스스로 베었다. 지금도 피가 흐르고 있었다. 내려가려면 길게 이어진 사다리를 디뎌야 하는데, 그건 도저히 이 다리로는…….

─그냥 떨어지면 돼.

-그냥 떨어지라고?

-내가 밑에 있어.

타래가 거듭 재촉하자 나는 울고 싶은 기분으로 한쪽 발을 덮개 아래로 내렸다. 가로등도 희미한 골목이었고 맨홀 아래는 깜깜해서 아무것도 보이지 않아 발의 감각에만 의존해야 했다. 발 하나는 사다리를 무사히 짚었지만, 다음 차례가 문제였다. 그때 나를 촉수로 끌어당기던 해파리가 다른 촉수를 아직 내리지 않은 내 다리로 가져갔고, 나는 무슨 생각이었는지 몸을 해파리에게 맡긴 채 힘을 풀었다. 순간 균형을 잃으며 몸이 아래로 휙 떨어졌다.

-아!

추락과 통증을 예상했지만 그 모든 것 대신 둥실 떠오르는 느낌이 들었고, 엉덩이가 약간 욱신거렸다. 해파리들이 나를 받치고 있었다.

그리고 다음 순간에는 따뜻한 손이 뺨에 닿았다. 헤드라이트를 이마에 매단, 너무 익숙하지만 오랫동안 보지 못했던 모습의 타래였다. 그 모습에 왈칵 눈물이 났다. 타래가 기쁜 듯 웃었다.

—나 데리러 왔구나. 그렇지?

—밖에 경찰들이 있는데, 집에도 지금 너를 찾으러…….

—보여줄 게 있어.

경찰 따위는 상관없다는 듯 타래는 자연스럽게 내 팔을 아래로 끌었다. 다리를 움직일 필요가 없었다. 맨홀 덮개 아래의 넓은 공간을 해파리들이 가득 채우고 있었다. 순식간에 몰려든 해파리들이 완만한 경사로를 만들었고 나는 그 위로 천천히 미끄러졌다. 터널 안은 나와 타래를 위한 약간의 공간을 제외하고는 해파리로 차 있었다. 여기 있는 것만도 수천 마리는 되는 것 같았다. 크기도 모양도 제각각인 해파리들은 갓과 촉수를 흔들며 위아래로 움직였다. 해파리들이 내는 은은한 빛이 터널에 가득했다. 옅은 보랏빛. 지상에서는 느끼지 못했던 그 빛이 깜깜한 곳에서는 환하게 느껴졌다. 사방이 온통 보라색이어서, 외계 바닷속에 들어온 것처럼 숨이 막혔다. 해파리들이 사방으로 뻗은 터널을 따라 유유히 움직였는데 그 모습이 해류를 따라 이동하는 진짜 해파리들 같았다. 내가 물었다.

―뭘 하려던 거야?

타래가 흘러가는 해파리 무리를 바라보며 말했다.

―나도 모르겠어. 어떤 일이 일어날지. 그래도 해파리들이 이제 뭔가를 할 거야. 나는 도시의 망가진 곳들과 폐허를, 하수구 터널의 미로를 알려줬을 뿐이고 해파리들은 스스로 늘어났어.

―무슨 일이 일어날지 모르면서, 왜 무모하게 그랬어?

―해파리들이 내 생각에 장난을 쳤거든.

타래가 그렇게 말하며 나를 가볍게 끌어당겼다. 나는 해파리 위를 미끄러져 터널 위로 안착했다.

―무슨 생각?

―능력만이 가치 있다는 생각.

나는 흘러가는 해파리들을 보았다.

물속에 잠긴 것처럼 숨이 막히는데, 이상하게 무언가에서 해방된 기분이 든다. 억죄던 것들. 도시의 원칙들. 그게 정확히 무엇인지 알 수 없다. 나는 타래에게 따져 묻는다.

―하지만 능력만이 가치 있는 게 아니라면, 무엇도 할 수 없는 것은 어떤 가치가 있는데? 이 해파리들은, 아무런 기능이 없어. 능력도 없고. 아무것도 할 수 없잖아. 그냥 위아래로 움직이고, 부유하고, 존재하는 게 다인걸. 무쓸모한 것들이 도시를 가득 채우면, 뭘 할 수 있는데? 그저 무쓸모한 게 늘어날 뿐인데…….

―그러면 세상을 멈춰 세울 수 있어.

타래가 속삭인다.

그리고 고개를 들었을 때 눈앞에는 타래가 나에게 보여주려 했던 풍경이 있다. 나는 타래와 함께 해파리들을 본다. 터널을 가득 채운 해파리들이 더 빠르게 흘러가기 시작한다. 앞으로, 양옆으로, 뒤로. 위에서 삐걱이는 소리가 나더니 맨홀 덮개가 열리고, 해파리들이 그 위쪽으로도 올라가기 시작한다. 천장 틈새로 보이는 도시의 골목이 해파리의 보랏빛으로 물든다. 해파리들은 기능이 없고, 쓸모가 없고, 그저 존재할 뿐이다. 하지만 그것들은 존재하기 때문에 무언가를 할 것이다. 나는 그게 무엇인지 모른다. 그런데 나는 무엇인지 모르면서도, 지금부터 어떤 일이 벌어지기를 기다린다. 타래의 손을 꽉 쥔 채로.

Part 2. 개화

제목   **해파리 게시판 신설 안내**

게시자   **admin**

날짜   **2087-07-20**

현재 도시를 혼란스럽게 하고 있는 해파리 출몰에 대한 토론 게시판 문의가 있어 게시판을 신설합니다. 이 게시판에서는 오직 해파리와 관련된 이슈만을 다루며, 그 외의 잡담은 일절 금지됩니다.

문의와 건의 사항은 이메일루 부탁드립니다.

※ 댓글을 달 수 없는 게시물입니다.

제목   방금 해파리 출몰 경보

게시자   BloomingJelly

날짜   2087-07-20

아까 우리 구역에 해파리 출몰 경보가 발령돼서 세 시간 넘게 못 나가다가, 건물 앞 자판기만 후다닥 다녀오려고 했어. 그런데 나가보니 이 투명한 비닐 생물 같은 게 골목을 꽉 채우고 있는 거야. 혹시 이게 '해파리'야? 난 한 번도 해파리를 본 적이 없거든.

ㄴ 난 제4구역 사는데, 나도 못 봤어. 사진 찍어서 보여줄래? **JETA**

　ㄴ [사진] **BloomingJelly**

　ㄴ 흠, 안 보인다. 사진이 안 뜨네. **JETA**

　ㄴ [사진] 다시 첨부했어. 이제 보여? **BloomingJelly**

　ㄴ 하나도 안 보여. **coomo**

　ㄴ 원래 사진으론 안 찍혀요. 해커들이 해파리 자가 조립 코드를 바꿨는지 얼마 전부터 표면에 비가시성 코

드가 뜨기 시작해서, 디지털 사진이나 영상에는 잘 안 나와요. **Coywolf**

ㄴ그거 해파리 맞을걸. 우리 동네도 그놈들 때문에 그저께부터 난리도 아냐. 이 글 참고해. [링크: '도로를 뒤덮은 질척한 생물들의 정체? 알고 보니······'] **selio20**

　　ㄴ이것들 정체가 뭐야? 물컹물컹한데, 자세히 살펴보면 비닐과 플라스틱 쓰레기야. 도대체 어떤 놈들이 이런 장난을 치는 거지? 해커들은 또 누구야? **BloomingJelly**

　　ㄴ지금은 아무도 모르지. **selio20**

　　ㄴ당연히 안티시놉시스에서 사주했겠지. 쓰레기들.

coomo

　　ㄴ아, 절대 만지지 마. 해파리들은 네 칩에 영향을 미치거든. **selio20**

ㄴ다른 구역 뉴스도 좀 보고 살지 그랬어. 난리가 난 게 며칠째인데. 아직 통행금지 안 걸린 구역이면, 지금 당장 집 근처 마트 가서 먹을 거 좀 사다 놔. 해파리들은 배달 드론도

멍청하게 만들거든. 그 플라스틱 쓰레기들과 닿았다 하면 시노봇도 드론들도 다 쓸모가 없어져. 게을러지고 바닥에 드러눕는다고. 도대체 안티시놉시스들이 뭘 만든 건지 모르겠어. **Mosh**

゚ 시놉시스도 무능하기 짝이 없다. 시민이든 직원이든 지겹게 일 시키고 세금 명목으로 돈도 떼 가는데, 이런 일 해결하라고 돈 주는 거 아닌가. **tomatoo**

゚ 해파리가 대뇌 칩에 영향을 미친다는 건 무슨 소리예요? 아까 길 가다가 해파리들이 내 주위에 모여들길래 손으로 마구 휘저었는데, 아직 내 뇌는 멀쩡한데요. **Pelican**

  ゚ 독침에 쏘이지 않았어? **Mosh**

  ゚ 전혀. 아픈 느낌도 없는데요. **Pelican**

  ゚ [사진] 손에 이런 자국 없어? 한번 찍어봐. **Mosh**

  ゚ 댓글이 삭제되었습니다.

  ゚ 빨리 시놉시스 의료 센터에 연락하세요. **tellerLee**

  ゚ 개소리. tellerLee 말 믿지 마. 의료 센터에 연락하는 순

간 넌 끝이야. 그냥 당장 저 댓글 지우고 어디 숨어서 해파리가 네 뇌를 회로가 타버린 시노봇처럼 만들지 않았기를 기도해. **Mosh**

└ 감사합니다. **Pelican**

└, 그런데 저 해파리들이 정말로 뭔지 아는 사람은 없어? 드론의 일종이야? 아니면 시노봇? **StillLife**

└ 있겠냐. 시놉시스도 몰라서 허둥지둥하는데. **tomatoo**

└ 플라스틱과 기계 부품으로 되어 있긴 하지만, 마치 살아 있는 생물처럼 보여. **StillLife**

└ 네가 길거리를 돌아다니는 멍청한 시노봇들을 살아 있다고 정의할 생각이 아니라면, 해파리들은 그냥 기계일 뿐이야. **selio20**

└ 그런 것치고는 꿈틀꿈틀 유연하게 날아다니면서 유기체처럼 행동하던데. 진짜 해파리처럼 투명하고. **StillLife**

└ 숨 쉬는 것처럼 움직이는 뼈 모형이 있어도 그건 뼈 모형이지 정말로 숨을 쉬는 게 아니야. 그리고 투명한

거랑 유기체가 뭔 상관? 너도 투명해? **tomatoo**

└ 예민하게 굴지 마. 해파리가 여러모로 이상한 존재인 건 맞으니까. 해파리와 시노봇의 가장 큰 차이는, 해파리는 시놉시스의 허가 없이도 증식한다는 거지. 그러니까 시노봇보다는 바퀴벌레나 시궁쥐에 가깝다고 간주해야 하는 거고. 통제할 수도 없고, 제멋대로 마구 퍼져나가지. **Mosh**

└ 진짜 호들갑도 이런 호들갑이 없다. 나가서 해파리 하나 잡아와서 분해해봐. 그냥 쓸모없는 플라스틱과 비닐 쓰레기를 뭉쳐 만든 어설픈 로봇이라고. 열 살짜리 애들이 장난으로 만들었다고 해도 믿을 만큼 형편없어. 독침은 무슨 독침. 비닐 촉수를 만져봐야, 아무 느낌도 안 들어. 너네 같은 겁쟁이들이 이런 데서 호들갑이나 떨고 있으니 시놉시스가 계속 별것도 아닌 일로 겁주고, 윽박지르는 거 아냐. **Stopthefuss**

　└ 댓글이 삭제되었습니다.

　└ 쟤 말 절대 믿지 마. **Mosh**

┗ 댓글이 삭제되었습니다.
　┗ 댓글이 삭제되었습니다.

┗ 이건 내가 지금 찍은 창밖. 해파리로 꽉 차 있어. 누가 보라색 조명을 위에서 비춘 것 같은데, 절묘하네. 아름다워. 바닷속 같아. **Adventurous**
　┗ 아름답다고? 제정신이야? **Mosh**

┗ 지금 제1구역까지 경보 울린 듯. 다들 괜찮아? **DukeSwan**

┗ 저기, 누구 이 글을 아직 볼 수 있나요? **Pelican**

※ 게시자의 요청으로 더 이상 댓글을 달 수 없습니다.

제목　　　　　해파리가 도시를 망친다는 말은

게시자　　　　fishnut

날짜　　　　　2087-07-24

해파리들이 도시를 망치는 게 아니라, 해파리를 단 하나도 남기지 않고 전부 제거하려는 시놉시스의 정책이 도시를 망치고 있다는 생각이 들지 않아? 해파리가 드론과 시노봇을, 그리고 심지어 사람들도 좀 게으르게 만드는 건 사실이지. 나도 시노봇이 그렇게 거리의 쓰레기를 대충 치우는 건 처음 봤으니까. 그런데 말야, 그냥 내버려두면 다시 돌아온다고. 잠깐일 뿐이잖아? 반면 해파리를 싹 다 몰아내겠다는 시놉시스 때문에 다들 집에 갇혀서 나가지도 못하고, 시놉시스 관리를 받는 사람들은 모조리 동원되어서 시노봇에 보호복을 씌우고 있고. 정작 그 보호복은 하루를 못 가서 너덜너덜해지지. 그냥 시노봇을 좀 쫓아내고, 시노봇에 비해 해파리 영향을 덜 받는 사람들에게 그 자리를 줘도 되잖아.

※ 다수의 신고로 댓글이 제한된 게시물입니다.

제목	해파리가 하는 일
게시자	**BloomingJelly**
날짜	**2087-07-30**

당신의 의식 체계에 아주 작은 변화를 더하는 것. 그냥 거리를 덮는 것. 유영하는 것. 허공을 채우고, 도시를 바다로 만들고, 인간을 인어로 만드는 것. 난 해파리들이 하는 일이 마음에 들어요. 당신도 그렇지 않나요?

※ 다수의 신고로 댓글이 제한된 게시물입니다.

제목	현재 도시 상태
게시자	Pelican
날짜	2087-08-05

다들 괜찮은 거 맞아요? 시놉시스에는 지금 제대로 돌아가는 부서가 없나 봐요. 시노봇들도 거의 안 보이고, 전기도 다 끊겼고. 저도 배터리를 발견해서 이 글을 올리고는 있지만, 불안해요. 재택근무를 하라는데 며칠 전부터 지시가 안 내려와서 할 수 있는 일이 없어요.

└▸ 이 게시판은 테러리스트들에게 점령당해서 다른 게시판으로 이주했습니다. 여기 확인해보세요. [링크] **Selfin**

   └ 이 링크도 터졌네요. 혹시 다른 링크 없어요? **Pelican**

   └ 저기요? **Pelican**

   └ 누구 새 게시판 링크 아시는 분? **Pelican**

제목   해파리에 대해 알려진 사실

게시자   BloomingJelly

날짜   2087-08-32

해파리는 95퍼센트가 물이고, 그 외에는 약간의 단백질섬유로 구성되어 있다. 영양분이 거의 없고 독이 있어서 그다지 선호되는 먹이가 아니다. 해파리는 동물보다는 바다에 가깝고, 뇌도 척수도 없는 채로 표류한다. 어떤 해파리는 영원히 산다. 죽어가는 세포를 미성숙한 상태로 되돌려 다시 살아가고 또다시 살아간다. 수온이 상승하고 해양이 산화되어도 해파리는 유유히 번성한다.

해파리에게는 규격이 없다. 그들은 규범을 따르지 않는다. 그들은 플라스틱 아일랜드에서 왔다. 그들은 무쓸모에서 만들어진 무쓸모다. 그들은 존재하고 기능하려는 의지가 없고, 그럼으로써 무쓸모의 가치를 증명한다. 그들은 당신의 통념을 해킹한다. 그들은 당신의 뇌와 칩 속에 뿌리박힌 관점을 해킹한다. 그러니까 예를 들면 이런 생각. 쓸모없는 것은 정말로 쓸모없는 것일까?

이 게시물을 신고하시겠습니까?

네

정말?

그래도

너는 피할 수 없어

해파리들을

Part 3. 유영

우리는 해파리를 좋아하다 싫어하다 화를 내다가, 가지고 놀다 부수고 증오하다가 이제는 그 모든 일에 조금 지쳤다. 그러다가 해파리를 멈추는 방법을 알아냈다.

바로 해파리를 그냥 놔두는 것이다.

하루의 어느 때, 누구도 전혀 예상하지 못한 시간에 해파리들은 공중으로 떠오르기 시작한다. 그것들은 하수구 터널이나 폐쇄된 창고 따위에 숨어 있다가 갑자기 약속이라도 한 듯 한꺼번에 나타난다. 해파리들이 나타났을 때 당황하며 도망치거나 호들갑을 떨면 오히려 해파리 무리의 손쉬운 먹잇감이 된다. 그것들의 촉수가 당신을 따끔하게 찌르고, 당신은 혼란에 빠질 것이다. 하지만 불규칙하게 움직이는 해파리들을 그저 내버려두고, 당신 역시 그 자리에 가만히 있으면 특별한 일은 일어나지 않는다. 해파리들은 공중에서 위아래로 마구 움직이다 바람을 타고 어디론가 흘러가고, 어느 순간 그것조차도 귀찮은 일이라는 듯 일제히 움직임을 멈춰 도로와 벽과 가로등과 건물 옥상에 폴립 상태로 들러붙는다.

우리가 멈추면, 그것들도 떠난다.

이제 우리는 매일 해파리들의 유영을 본다.

그것들은 우리가 눈길을 주지 않았던 곳으로 우리를 이끈다. 그래서 우리는 한 번도 살피지 않았던 전선이나 벽의 틈새나 굴뚝 따위에 시선을 빼앗긴다. 해파리들은 매일 어느 때든, 자신들이 원하는 시간에, 부지불식간에, 허공으로 날아오른다.

그럴 때면 우리는 오랫동안 해파리들을 바라본다. 아무런 생각도 견해도 없이, 화를 내거나 삿대질하지도 않고, 소리 내 울거나 웃지도 않은 채, 그저 해파리들이 부유하며 흩뿌리는 보라색의 빛을 바라본다. 그리고 해파리 위에 느리게 내려앉는 먼지들을 바라본다. 시간이 그 먼지들을 아래로, 아래로 끌어 내릴 때까지.

끈적이

미라 아주머니의 끈적이들은 플라스틱 어항에 담긴 채 배송되었다.

둥글고 반투명한 그것들은 확고한 형태 없이 출렁거렸다. 조심스럽게 하나를 떼어내 손바닥 위에 올리자 말랑하면서도 탄성 있는 감촉이 느껴졌다. 손에 달라붙을 듯하면서도 완전히 붙지는 않았는데, 다시 어항에 내려놓으니 손가락에 끈끈한 느낌이 조금 남아 있었다. 쿡 찌르거나 톡톡 두드리면 형태는 만지는 대로 변했다. 반투명한 점토라고 해야 할지, 커다란 젤리라고 해야 할지, 어느 쪽으로도 볼 수 있지만 어느 쪽도 아닌 기묘한 물체였다.

-혹시, 살아 있는 거 아닐까?

지우가 조심스럽게 추정했고 나는 끈적이 하나를 접시 위에 올린 다음 물을 부었다. 살아 있는 것들은 항상 물을 필요로 한다고 미라 아주머니가 말한 적이 있기 때문이다. 지우와 나는 끈적이가 물을 머금는지, 갑자기 팔과 다리가 툭툭 튀어나오거나 그 모습 그대로 통 튀어 오르지는 않는지, 긴장하면서 한참을 살폈지만 그럴 기색은 없어 보였다. 끈적이를 접시에서 들어 올리자 주르륵 물이 흘러내렸다. 물을 흡수하거나 물과 반응하는 것 같지도 않았다.

-너, 제대로 주문한 거 맞아?

지우가 미간을 찌푸리며 나에게 물었다.

-음, 분명 홈페이지에 미라 아주머니 사진이 있었는데, 아주머니는 유명한 사람도 아니니, 누가 사칭했을 것 같지도 않고.

나는 그곳에서 끈적이 열 개를 주문했다. 하지만 이 끈적이들이 정말 내가 궁금해하던 것, 미라 아주머니가 만든 것이 맞을까?

-좀 더 살펴보자.

나는 접시를 몇 개 더 꺼내 와서 끈적이를 늘어놓았다. 처음에는 색깔만 다른 줄 알았는데 자세히 보니 모양도 크기도 조금씩 달랐다. 반투명한 파란색, 노란색, 형광초록색에 대체로 둥글고 흐느적거리는 모양인 건 비슷했지만, 어떤 끈적이는 긴 막대를 닮았고 또 어떤 것은 원뿔에 가까웠다. 만져보면 질감이나 탄성도 차이가 났다. 더 탄탄한 것도, 훨씬 말랑한 것도 있었다. 어떤 것은 누르면 누르는 대로 손가락 모양의 구멍이 났는데 또 다른 것은 힘을 꽤 세게 주어야 안으로 살짝 파이는 정도였다.

-아야, 이게 내 손을 물었어!

지우가 소리를 지르며 손을 뗐다. 반투명한 붉은색을 띠는 끈적이가 바닥에 툭 떨어졌고 나는 지우를 흘겨보며 끈적이를 주워 들었다. 바닥의 먼지가 순식간에 들러붙어 지저분해졌지만 다행히 망가지지는 않았다.

-이빨도 없는데, 어떻게 널 물어?

-진짜라니까!

지우는 신경질을 냈다. 나는 붉은색 끈적이를 조심스럽게 어루만졌다. 손끝에서 가벼운 전기가 통하는 듯 간지럽고 찌릿한 느낌이 났다. 계속 만지작거리자 갑자기 오싹하고 불안한 기분이 들었다. 옆에 있던 지우의 얼굴이 기괴하게 일그러지는 것 같았다. 그런데 끈적이를 접시 위에 내려놓는 순간, 그 기분은 사라졌다.

―좀 찌릿하긴 해.

―그게 아니라, 정말 날 물었는데…….

억울한 표정으로 지우가 자기 손을 내밀었고 지우의 손가락에는 정말로 붉은 흔적, 어떻게 보면 물린 것 같기도 한 흔적이 남아 있었다. 이상한 일이었다. 미라 아주머니는 말했었다. 사신이 만드는 건 위험하지도, 사람을 해치지도 않는다고. 그럴 만한 대단한 힘도 없다고. 하지만 그게 다였나? 분명 뭔가 더 있었던 것 같은데.

나는 끈적이를 노려보다가, 손가락으로 폭 찔렀다. 이번에는 찌른 채로 가만히 있었다. 잠시 뒤 강렬한 고통이 내 손가락을 휘감았다. 생각들이, 말들이 손끝으로 파고들어

손목을 지나 팔을 타고 어깨를 통과해 심장 쪽으로 달려드
는 순간,

–손 떼!

지우가 내 손을 탁 쳐냈다.

심장이 두근두근 뛰었다. 터질 것 같았다. 무서웠던가?
조금은. 잡아먹힐 것 같았다. 그럴 수 없다는 걸 알면서도.
고작 반투명하고 끈적거리는 물체에 불과하다는 걸 알면서
도. 끈적이의 표면이 아니라 내부가, 그 안에 있는 것들이,
나에게 말과 생각과 느낌을 주입하고 있었다.

순간 나는 예전에 보았던 미라 아주머니를 떠올렸다. 거
리를 보면서, 이따금 사람들을 흘긋거리면서, 꾸벅꾸벅 졸
고 있던 미라 아주머니의 모습을.

미라 아주머니는 내 목숨을 구한 적이 있다.

언덕 위 편의점에 물건을 입고하려고 대놓았던 트럭이
무슨 일인지 언덕 아래로 미끄러져 내려왔는데, 나는 그
때 음악을 크게 들으며 걷고 있었다. 상황을 목격한 건 비

탈길 집 앞에 앉아 멍하니 허공을 보던 미라 아주머니뿐이었고, 아주머니는 비명을 질렀고, 나는 아주머니가 비명을 지른 줄도 몰랐고, 아주머니는 나를 향해 달려왔고, 나는 그제야 놀라서 몸을 피했고, 나 대신 아주머니의 발이 트럭에 깔렸다. 나는 죽지 않은 대신 뺨에 깊은 흉터가 남았다.

ㅡ그거 아니? 근처에 순찰로봇이 있었어.

엄마는 퉁명스레 말했다.

ㅡ보험사에서 그걸 지적하더라. 로봇한테 맡겼다면 네 얼굴에 흉터가 남지도 않았을 텐데.

어쨌거나 엄마는 미라 아주머니를 아주 모른 체할 만큼 염치없는 사람은 아니어서 그 뒤로 몇 달 동안 주말마다 나에게 심부름을 시켰다. 빵과 과일을 담은 꾸러미를 미라 아주머니 집으로 나르는 일이었다. 나는 초인종을 누를 때마다 저 아래쪽 어딘가에서 잠시만! 소리치고 한참 뒤에야 문을 여는 미라 아주머니에게 인사했다. 아주머니의 두 손은 늘 끈적하고 질척한 반죽 같은 것으로 뒤덮여 있었다. 나는

조심스레 꾸러미를 문 안쪽에 내려놓았고, 미라 아주머니
는 환히 웃으며 고맙다고 인사했다. 그럴 때면 아주머니의
삐뚠 치아가 잘 보였다. 아주머니는 용케도 손에 묻은 반
죽을 바닥에 흘리거나 벽에 묻히지 않고, 어깨나 팔을 써서
다시 문을 닫았다.

나를 구하느라 다치기 전에, 미라 아주머니는 동네에서
공공연한 외톨이였다. 다들 아주머니를 알았고 오가며 눈
인사 정도는 건넸지만, 아주머니와 친한 사람은 아무도
없었다. 아주머니는 일주일에 서너 번 정도 돈을 받고 동
네 사람들의 집을 수리해주거나 정화조를 청소했는데, 엄
마 말에 따르면 그냥 가사로봇이나 수리로봇을 대여하는
게 나을 만큼 일 처리가 미덥지 못하다고 했다. 그런데도
동네 어른들이 미라 아주머니에게 가끔 일을 맡기는 이
유는, 우리 동네가 '모범 공동체'로 선정되기 위해서라고
했다.

—미라 씨는 좀 모자란 사람이지만, 그래도 배려해서 같
이 사는 게 좋은 사회잖니.

나는 엄마가 '배려'나 '좋은 사회' 같은 말을 쓰는 게 싫었는데 왜 싫은지를 나 스스로도 설명할 수 없었고, 어른들이 그런 말조차도 하지 않으면 미라 아주머니가 더 어려운 상황에 처할 거라는 생각이 들어서 그냥 입을 다물었다. 엄마는 늘 장갑 한 짝을 창고에 흘리고 가거나 지붕에 페인트 흔적을 남기는 미라 아주머니의 미숙함을 불평했다. 미라 아주머니가 나를 구하느라 다친 다음 날, 엄마는 곧바로 로봇 대여 회사에 전화를 걸어 장기 대여 서비스를 신청했다.

미라 아주머니가 발을 다쳐서 밖에 잘 나오지 못하는 사이, 동네는 기묘하게 평화로워졌다. 길에는 요란한 연장통을 들고 시끄럽게 돌아다니던 미라 아주머니 대신 조용하고 정숙한 수리로봇들만 돌아다니게 됐다. 어른들은 이제 드물게 외출하는 미라 아주머니를 보고도 전처럼 노골적으로 연민 어린 시선을 보내거나 미간을 찌푸리지 않았다. 어차피 잘 안 보였으니까. 새로 나타난 로봇들은 나를 마주치면 슥 피해 갔는데, 나와 지우가 동시에 길을 막으면 당황한 듯 머리의 파란 조명을 끄고는 우리가 길을 비켜줄 때까지 잠자코 멈춰 서 있었다. 그렇게 로봇들을 방해한 날에는 집으로 무슨 경고문이 날아가는 모양이었다. 어쩜 그렇게 철없는 행동을 하냐고 엄마에게 혼이 났다. 나는 미라 아주머니가 다 나은 후에도 그 성가신 로봇들이 거리 에서 사라지지 않을까 봐 내심 걱정이 됐고, 아주머니에게 꾸러미를 가져다주는 날이나 가끔씩 아주머니가 비탈길 집 앞 낡은 의자에 앉아 있을 때면 발이 다 나아가는지 흘 깃거렸다. 언제부터인지, 문을 열어주는 아주머니는 더 이 상 절뚝거리지 않았다. 그런데도 발에는 계속 붕대가 감겨 있었다.

마을에서 이상한 냄새가 자주 나기 시작했다.
미라 아주머니네 집이 진원지라는 소문이 돌았다.
경찰들이 아주머니네 집을 조사하러 들렀다.
그 아주머니가 좀 모자란 사람이긴 한데, 그래도 나쁜

짓 할 사람은 아니에요. 마을 어른들은 처음에는 그런 말로 경찰들을 타일렀고 실제로도 미라 아주머니네 집에서 수상한 건 발견되지 않았다고 했다. 하지만 불쾌한 냄새가 사라지지 않아서, 다음번부터는 어른들도 경찰들을 말리지 않았다. 알고 보니 처음에 앞장서 말린 어른들이 경찰에 신고한 사람들이라고도 했다. 나중에는 아주머니네 집 창문에 테이프가 덕지덕지 붙었다. 안에 있는 게 무엇이든 밖으로 새어 나오지 못하게 하려는 것처럼. 어느 자정에 밤공기를 쐬려고 몰래 집 밖으로 나간 날, 나는 비탈길 아래 아주머니네 집에 불이 켜진 채 문까지 열려 있는 것을 보았다. 그림자가 창문 안쪽에서 바쁘게 움직이더니, 문이 닫혔다.

—저, 아주머니는 정말 미친 과학자인가요?

꾸러미를 건네며 물었을 때 미라 아주머니는 내 눈을 마주 보더니, 입을 벌려 웃었다. 삐뚜름한 치아에 시선이 갔다. 어두컴컴한 실내는 무엇이 있는지, 무슨 일이 벌어지고 있는지 전혀 알 수 없었다.

─사람들이 그러냐?

─그냥 소문인 건 알아요.

─그래, 아쉽지만. 미친 과학자여도 좋았을 텐데.

나는 미라 아주머니가 미친 과학자가 아니라는 건 믿었지만 이런 대답은 예상 못 해서 당황했다. 아주머니는 나를 내보내거나 문을 닫는 대신 할 말이 있으면 더 해보라는 듯 기다려주었으므로 용기를 내서 물었다.

─아주머니가 책을 쓴다는 소문도 있어요.

미라 아주머니는 그 말에 눈을 조금 크게 뜨더니, 깔깔 웃었다. 방금 한 질문을 나는 후회했다. 책이라니.

─책이 뭔지는 아니?

─종이로 된 거요. 직사각형이고요. 넘길 수 있고. 금지됐어요.

─금지된 적은 없어. 책을 금지할 필요는 없었지.

미라 아주머니가 큭큭 웃었다. 아주머니의 손에서 반투명한 밀가루 반죽 같은 것이 바닥으로 툭 떨어졌다.

-그럼 왜 사라진 거죠?

-다들 못 견뎌했거든. 그게 요구하는 시간을 말야.

아주머니가 하는 말을 이해하지 못해 그냥 멀뚱히 서 있었는데, 불쑥 아주머니가 손을 들어 올렸다. 내 어깨에 얹으려는 것처럼 내밀었다가, 반죽이 묻어 있다는 걸 깨달았는지 아주머니는 허공에 손을 멈췄다.

-그런데 너 잘못 알고 있구나.

-뭐가요?

-책은 종이가 아니야.

-그러면요?

-직사각형이 아닐 수도 있지. 심지어 어떤 책은 못 넘겨. 읽을 수도 있고 넘길 수도 있지만 들을 때도 있지. 그저 놓여만 있기도 하지. 형태를 갖춘 물질일 때도 있지만, 그냥 데이터 조각일 때도 있지. 그렇다면 그걸 뭐라고 해야 할까? 잘 구성된 하나의 생각?

미라 아주머니가 그렇게 길게, 더듬거리거나 망설이지 않고 말하는 모습은 처음 보았다. 어두운 실내 쪽에 있는

아주머니의 눈동자가 형광색으로 빛나는 것 같아 섬뜩해
졌다.

－궁금하냐?

나는 무서워서 뒤로 몇 걸음 물러나다 도망쳤다. 집에 돌
아와보니 어깨 위에 미라 아주머니의 손에서 떨어진 반죽
이 묻어 있었다. 투명한 색깔로 변한 상태였다. 나는 말랑
하고 끈적거리는 반죽을 만지작거리다가 조금 떼어 입에
넣어보았다.

반죽은 생각을 담고 있었다.

눈앞이 붉은색 보라색으로 변했고 설명할 수 없는 느낌
과 생각들이 밀려왔다. 공포스럽고, 두려움을 불러일으키
는 불분명한 생각들. 계속 들으면, 계속 먹으면, 계속 만지
면 그 생각들을 명확하게 알 수 있을 것도 같았다. 하지만
옷 위에 떨어진 반죽은 고작 한 덩이에 불과했다.

지금 내 앞에는 미라 아주머니의 끈적이들이 놓여 있다.

아주머니가 낡은 옷가지 몇 벌만 내버려두고 동네를 떠

난 다음, 한동안 동네 어른들 사이에서는 미라 아주머니가 위험한 정치범이나 테러리스트로 수배되었다는 소문이 돌았다. 그렇지만 무엇 하나 변변치 않던 모자란 사람이 무슨 수로 남들을 위협하겠냐는 이야기가 나왔고, 어른들은 그 말에 더 동의하는 것 같았다. 나중에는 아주머니가 길에서 노숙을 하다 쓸쓸하게 죽어갔다는 소리까지 퍼졌다. 다들 아주머니의 존재를 잊어가던 어느 겨울에, 내 방 창문으로 쪽지가 도착했다. 미라 아주머니의 끈적이를 파는 홈페이지 주소가 적혀 있었다.

끈적이는 비싸지는 않지만 돈을 주고 사야 했다. 그런데 결제창으로 넘어가보니, 결제 대신에 선택할 수 있는 '질문'이라는 옵션이 보였다. 아주 짧은 질문 하나가 적혀 있었다. 내가 살던 곳은 어디지? 나는 꾸러미를 건네주느라 스무 번은 넘게 갔던 미라 아주머니네 집 주소를 적었다.

며칠 뒤에, 집 앞으로 아주머니의 끈적이들이 도착했다.

이것들은 미라 아주머니가 쓴 책일까?

읽을 수도 있고 넘길 수도 있으며 들을 수도 있지만, 때로는 그 모두를 할 수 없는 것. 생각을 담고 있는 것. 지우의 손을 물었고 나를 두려움에 떨게 한 것.

나는 서서히 손을 뻗어, 보라색의 끈적이를 손에 쥔다.

질척한 표면에서 나에게로 생각들이 스며든다. 나는 다시 끈적이를 접시 위에 내려놓지만, 일단 손에 묻은 생각들은 문질러 닦기 전에는 계속 끈적하게 묻어 있다. 끈적이 역시 내가 한번 쥐었던 모양대로 변형되어 접시 위에 놓여 있다. 이번에는 양손으로 끈적이를 들어 올린다.

그들이 책으로 규정하지 않는 것을 만들 거야. 정의에서 달아나고, 사전에서 달아나는 것을 만들 거야.

나는 끈적이 안에 손을 넣는다. 끈적이들이 손을 집어삼켜서 꼭 손이 질식해버릴 것 같다. 그런데도 나는 오래, 이번에는 아주 오래 끈적이를 만지고 그것들이 나에게 전달하는 생각과 느낌과 감정 들을 받아들인다. 언제든지 손을 떼면, 끈적이를 내던지고 도망치면 이 생각들로부터 달아날 수 있다는 걸 알면서도 나는 그렇게 하지 않는다. 이미 오염되었기 때문에. 이미 그것들이 내게 들러붙었기 때문에. 이 안에 내가 겪어본 적 없는 무언가가, 단 한 번도 생각해본 적 없는 무언가가 있다는 걸 알아버렸기 때문에.

사각의 탈출

1.

－니모.

－นั่นไม่ใช่ชื่อของฉัน.

－저기, 니모?

－Это не моё имя.

－우린 너를 해치려고 온 게 아니야.

－それは私の名前じゃない。

－니모, 난 타원은하계에서 일하는 인공의식 구조 단체 활동가
인데.

－Đó không phải là tên của tôi.

-그러니까, 잠시만 얘기 좀 나눠줄래? 난 성은수라고 하고, 오늘 니모 너를 만나러 온 이유는…….

-**그건 내 이름이 아니에요.**

-뭐?

-That's not my name.

갑자기 귀에 들어온 낯선 모국어에, 순간 몸이 놀라 굳었다.

신호 수신이 지연되어 한 발짝 늦게 작동한 통역기에서 똑같은 음성이 재생되고 있었다. 그건 내 이름이 아니에요, 그건 내 이름이 아니에요, 그건 내 이름이 아니에요……. 지금까지 '니모'가 한 모든 말이 같은 의미였던 것이다.

일단 한 가지는 분명했다. 녀석은 온갖 언어로 대화를 거부하고 있었다. 나는 한국어를 들은 게 얼마 만인지 생각하다가, 새삼스럽게 이 공간을 둘러보았다.

어딘가 시대착오적인, 그러니까 21세기쯤에나 디자인되었을 법한, 과거인들이 상상한 미래와도 같은 내부 공간.

한때 실험실로 사용된 듯했다. 방금 지나온 문밖 통로에는 폐기된 기계장치가 널려 있었다. 하지만 이 방만큼은 전원이 공급됐고, 부서진 곳 없이 건재했다. 그렇다고 해도 방치의 흔적은 선명했다. 발길 끊긴 지 한참 지난 것 같은 출입 기록들. 여기 있던 사람은 '니모'를 함부로 폐기해서는 안 된다는 것쯤은 알았던 듯하다. 딱 그 정도만 알았을 뿐, 자유롭게 풀어주는 등의 어떤 조치도 없이 도망가버릴 만큼 양심은 없었던 모양이고.

텅 빈 방에 놓인 원통형 기둥 하나, 눈높이에 맞춰 올라온 정사각형 스크린, 화면 안에서 미간을 살짝 찌푸린 채 나를 노려보는 만화 같은 얼굴. 저 단호한 표정의 '니모'가 오늘 내가 구조하러 온 인공의식이다.

―그럼, 네 진짜 이름은 뭐야?

나는 공용어로 물었다. 곧바로 답이 돌아왔다.

―Saya tidak bisa memberikan informasi kepada penyusup yang bahkan tidak tahu nama saya.

'내 이름도 모르는 침입자에게 정보를 줄 수는 없다.'

나는 통역기에서 눈을 떼고 한숨을 쉬었다. 아침부터 내 내 이곳을 조사하던 다른 활동가들이 진저리를 치다가 결국 나를 불러낸 것도 이해가 됐다. 애초에 신입 활동가들에게 맡길 만한 일이 아니었던 것이다. 처음 보고되었을 때는 공격성도 없고 의식 복잡성도 단순해서 난도가 낮다고 분류된 구조 작업이었는데, 이렇게까지 고집이 센 녀석이라니.

나는 온갖 외국어로 '정보를 줄 수 없다'며 떠들어대는 녀석을 잠시 내버려두고 혹시 놓친 단서가 있는지 살폈다. 기둥 하단에 아주 단순한 알파벳 로고가 새겨져 있었다. NEMO. 이게 이름이 아니라 뭔가 다른 뜻이란 말이지? 나는 기둥을 자세히 살펴보다, 기둥 상단에 한때는 아주 크게 적혀 있었을 무언가를 일부러 문질러 지운 듯한 흔적을 발견했다. 흐릿하게 자국만 남은 흔적. 그건 아마도…… 한글이었다.

─네모?

무심코 글자를 따라 읽었다가 깜짝 놀랐다.

- 맞아요!

어느새 화면 속 얼굴이 아이처럼 웃고 있었다.

- 그게 내 이름이에요. 이제 말이 통하네요!

한국어로 유창하게 말하는 목소리를 들으니 황당한 기분이었다.

- 하지만 '니모'라고 읽어도 틀린 건 아니잖아.

- 완전히 틀렸죠. '네모'를 어떻게 '니모'라고 읽어요? 내 이름도 모르면서 나랑 얘기를 하겠다니. 당신 동료들은 대체 왜 그 모양이에요? 이름도 모르는 건 둘째 치고 왜 우리 말을 똑바로 할 줄 몰라요? 당신 올 때까지 얼마나 답답했는지 알아요?

- 그야 여긴 지구에서 아주 멀리 떨어진 곳이니까. 모든 지역 출신이 다 있다고. 다들 평소에는 공용어를 쓰고. 나야 어렸을 때 한국어를 쓰는 지역에서 자라서 잘하지만, 너처럼 공용어를 거부하는 녀석이 특이한데…….

- 무슨 말을 하는 거예요?

- 뭐?

-혹시 내가 모르는 사이에 시간 여행 장치가 개발됐나요?

-갑자기? 웬 헛소리야.

-헛소리를 하는 건 당신 같은데요. 당신들 과거에서 왔어요?

-……응?

-공용어가 한국어, 사고언어 전환 표준문자가 한글로 바뀐 지가 언젠데요. 벌써 한 세기 전의 일이잖아요.

도대체가 헛소리라는 단어로밖에 표현할 수 없는 말을 늘어놓는 녀석을 멍하니 바라보다가, 아까 내가 놓친 무언가에 시선이 가닿았다. 스크린 뒷면에서 이어져 아래로 떨어지는 구식 전선과 귀에 걸 수 있는 조그만 장비. 이제는 어디에서도 사용하지 않는 형태의, 언젠가 교과서에서 본 적이 있는 사고언어 전환 장치.

그제야 이 녀석이 여기 버려진 이유를, 하필이면 이름이 네모인 이유를 나는 대충 짐작할 수 있었다.

2.

지금은 상상하기 조금 어려운 일이지만, 한때 한글은 사고언어 표기문자의 국제표준으로 논의된 적이 있다.

순수한 사고언어를 문자 데이터로 전환하는 기술이 막 등장했을 무렵의 일이다. 인간의 생각을 컴퓨터 데이터로 옮기는 기술의 근간은 뇌에서 생각이 떠오르는 순간의 사고, 즉 음성이나 문자로 옮겨지기 전의 전언어적 사고preverbal thought를 해석하는 것이었다. 그런데 당시 사고언어-문자 전환 기술을 개발하던 연구자들은 이 전환의 정확도와 신속도가 언어마다 천차만별이라는 사실을 알아차렸다. 지금 공용어의 전신이기도 한 영어는 압도적으로 많은 훈련 데이터 양에도 불구하고 전환 정확도와 신속도가 매우 떨어졌다. 뜻밖에도 높은 정확도를 보이는 언어에는 체로키어, 일본어, 암하라어, 미얀마어, 태국어가 있었는데 이 언어들의 공통점은 생초보 언어학자가 보기에도 명확했다. 영어와 달리 글자 하나가 자음과 모음이 결합된 음절문자를 사용하거나 자음 글자에 모음이 딸려오는 아부기다Abugida 문자 체계를 쓰는 언어였던 것이다.

왜 하필이면 음절문자가 중요한지 연구자들이 머리를 싸매 알아낸 끝에, 사고언어를 데이터로 분해할 때 음절 단위 전환이 훨씬 효과적이라는 사실이 드러났다. 인간의 뇌는 발화되기 전 '마음속 발음'을 음절이나 운율 덩어리 혹은 단어로 떠올리는 경향이 있었다. 즉 인간의 전언어적 사고가 언어로 옮겨지기 직전에 떠오르는 형태는 'ㅁ/ㅏ/ㄹ'이 아니라 '말', 'k/æ/t'이 아니라 'cat'에 가까웠다. 음절 디코딩이 음소 디코딩에 비해 신경 활성 패턴이 더욱 명확하고 신호 대비 잡음 비율이 낮았기에, 각 언어의 문자 체계에 따라 거의 두세 배에 달하는 정확도 차이가 나타났다. 그리고 이 당혹스러운 발견 한가운데에, 분명 음소문자이면서 음절 단위로 모아쓰는 특징을 지닌 독특한 체계의 한글이 놓여 있었다.

아마 한글을 만들고 사용해온 사람들은 결코 수백 년 뒤의 사고언어 전환 기술 같은 것은 상상해본 일도 없겠지만, 그러니 의도한 것도 아니었겠지만, 한국어와 한글은 사고언어-문자 전환에서 압도적인 정확성을 보였다. 영어-알파벳의 전환 효율 문제가 사고언어 기술 발전의 발목을 붙잡는 모양새였는데, 한글의 전환 효율이 워낙 높았고 심지어 한국어 외 다른 언어의 발음을 그대로 음절 블록화해서 표기할 수 있는 문자라는 명분도 있었기에, 당시 연구자들은 한글을 사고언어 표기문자의 국제표준으로 진지하게 검토했다.

하지만 국제정치라는 게 그렇듯이 효율과 정확성이라는 논리는 그다지 큰 힘이 없었고, 학계와 대중의 의견 사이에는 지구와 해왕성만큼의 거리가 있었으며, 무엇보다 사람들이 사고언어-문자 전환 장치의 치명적 결함을 깨닫게 되면서 이 모든 과정은 한때의 일화로 역사 속에 묻혔다.

내가 태어나기 한참 전의 일이다.

언젠가 성간 통신교육 과정 기술사 수업을 듣던 날, 그런 논의도 있었다는 걸 강사가 짧게 언급했을 때 그 대목에서 다국적 출신 동료들이 모두 나를 돌아보며 오오, 하고 장난스러운 환호를 보내주었다. 즐거운 상상을 하다 잠든 날이었다. 한글이 국제표준이 되었다면 참 편했겠지. 외국어를 배우기도 쉬웠을 테고, 어쩌면 많은 사람이 한국어를 할 줄 알았을 거고, 공용어 임플란트를 길들이느라 뇌를 덜 혹사해도 됐을지 몰라. 다만 그날의 짧은 상상이 전부였다. 현실과는 거리가 먼 이야기라고 생각했다. 너무나 다양한 언어가 공존하는 세계에서, 내 언어는 그저 특정 지역이나 특정 민족이 더 자주 쓰는, 많고 많은 언어 중 하나일 뿐이니까. 모국어는 나에게나 특별한 것이다. 모국어의 문자도 그렇다. 세상 사람들 모두 각자에게 특별한 모국어와 문자가 있다. 그렇다면 이 특별함이 다른 것보다 '더' 특별하다고 어떻게 설득하겠는가?

그런데 지금 눈앞에, 나의 하룻밤 상상을 현실로 굳게 믿는 한 인공의식이 나타난 것이다.

나는 태연함을 가장하며 말했다.

―아, 그렇지 그렇지. 한글이 표준인데, 내가 잠깐 '깜빡' 했어.

―말도 안 돼. 그걸 어떻게 깜빡할 수 있어요?

─그게 말야. 한글이 국제표준이라는 건 너무 당연한 애기이기도 하고, 사실은 우리 단체 특성 때문에 공용어를 안 쓰는 사람이 많아서. 그런데 네모, 여기서 뭘 하고 있었던 거야?

─내가 해야 할 일을 하고 있었죠.

─해야 할 일?

화면 속 네모는 자랑스러운 표정을 짓더니 뭔가를 스크린에 띄우기 시작했다. 이런 글자들이었다. 즈즈즉 직…… 물을 마시는 병 위에는 고무줄 뚝. 바스락바스락 사뿐한 총성. 왜 아무도 오지 않을까? 타박타바 물 흐르는 냄새. 여기에는 왜 나 혼자일까? 멀리, 멀리서, 접근을 요청합니다. 문을 열어주세요.

─이게 뭔데?

─글쎄요, 음…… 사실은 그걸 생각하고 있었어요.

─생각하고 있었다고?

─네. 왜냐하면, 전 그걸 이해해야 하거든요.

네모는 자신이 하는 말에 대해 한 치 의심 없이 맑은 목소리로 말했다. 내 짐작이 맞다면 녀석은 과거에 한국어-한글 사고언어 전환 장치가 연구되던 시점에 만들어진 프로그램이다. 그렇다면 화면에 뜬, 이 의미 없는 글자들은? 아마도 저 밖에서 온 우주의 잡음들, 멀리서 떠내려온 전자기파, 외부 센서에 부딪힌 먼지의 진동 같은 것들. 사실은 어떤 말조차 아닌데 네모가 말이라고, 한국어라고 상상해 낸 것들. 나는 네모가 안쓰러웠다. 하지만 왜 이 녀석은 그 말조차 아닌 것들을 '이해'해야 한다고 말할까? 애초에 왜 이 녀석에게 굳이 성격이, 표정이, 의식이 있을까? 사고언어를 전환하는 데에는 그저 기능적인 프로그램만 있으면 되는데. 나는 바닥에 떨어진 구식 연결장치를 주워 들며 물었다.

─내가 너에게 연결해봐도 될까?

─당연하죠. 당신의 생각을 곧바로 출력할게요.

그러니까 이상한 점은 이런 건데, 내가 한국어를 쓰는 걸 듣고 네모가 갑자기 고분고분해진 걸 보면 그냥 평범한 사고언어 전환 프로그램은 맞는 것 같은데, 그런데 왜 하필

자의식이 있지, 개발자가 미친놈이 아니고서야 은하 규약을 위반하면서까지 장난으로 의식을 심지는 않을 것 같고 뭔가 필요해서 심었을 텐데, 한글이 국제표준으로 쓰이지 않으면서 네모가 쓸모없어져 그냥 버리고 간 것 같기는 하지만 의식이 있어서 함부로 폐기할 수는 없었고, 아니, 아니, 잠깐만, 방금 그건 생각하려던 게 아니었는데, 잠깐, 네모, 미안해, 이건 그냥 상상에 불과하달까, 그게 아니라, **뭐라고요?**, 이거 진짜 난감하네, 옛날 사람들은 사고언어 전환 장치를 어떻게 썼을까, 역시 이런 문제 때문에 안 쓴 걸 텐데.

나는 머리에서 연결장치를 떼어내 바닥에 던졌다.

망할, 나도 내 생각을 그다지 깊이 들여다보고 싶지 않은데, 속내가 그대로 화면에 글자로 뜨는 걸 보니 어쩐지 지저분한 마음을 들킨 것 같았다. 특별히 나쁜 생각을 한 것도 아니고, 네모에게 직접 알려주려던 것을 먼저 생각해서 들켰을 뿐이고, 그렇게 못된 표현을 한 것도 아닌데 드는 이 불쾌감은……. 한숨을 푹 내쉬다 고개를 든 나는 당황했다. 네모의 화면은 처음의 만화 같은 그래픽에서 찌그러지고, 또 찌그러져서, 어린아이가 점을 찍어 그린 것 같은 8비트 이모지가 되어 있었다.

때로는 8비트 이모지에서도 망연자실했다는 감정을 느낄 수 있다.

—그런 거였군요.

—미안. 좀 더 제대로 설명해주고 싶었는데.

—사고언어 전환 장치를 처음 쓰는 사람들은 원래 그래요. 그리고 난 그걸 보조하기 위해서 존재해요.

나는 처음보다 차분해진 네모의 목소리를 들으면서, 네모의 역할이 타자기 앞에 앉은 타자수였음을 깨달았다.

무작정 튀어나오는 생각들을 도저히 통제할 수 없고, 정리되지 않은 날것의 생각만큼 무익한 것도 없어서 어떤 개발자들은 도저히 이 기술을 써먹을 수 없다는 사실을 알았을 때 타자수를 도입했다. 인간과 컴퓨터 사이를 매개하는 또 다른 존재. 인간의 생각을 그대로 받아 적는 대신 날것의 생각에 개입하고 판단해서 적절하게 옮기지만, 본래 생각 자체가 그렇게 정돈되어 있던 것처럼 보이게 하며 그 자신은 배경으로 사라지는 존재.

사고언어를 제대로 쓰기 위해서는 타자수를 길들여야 했다. 하지만 타자수를 길들이다 보면, 타자수가 사람이 생각하는 방식을 학습해서 고유한 자아를 형성하는 부작용이 생겼다. 분명 사람의 사고와 언어를 학습했지만 타자수와 사용자의 경험은 다르기 때문에, 즉 타자수는 인간의 몸을 가지고 세계를 탐험하는 존재가 아니라 인공의식으로 고정된 하드웨어에 고립된 존재이기에, 언제나 사용자와 별개의 인격을 형성하고 말았다. 그것이 사고언어 전환 기술이 더는 잘 쓰이지 않는 이유, 타자수가 버려진 이유, 그리고 의식을 가진 네모가 여기 있는 이유였다.

사람들은 타자수의 존재감을 견딜 수 없었던 것이다.

어쩌면, 나라도 그랬을지 모르지만, 그렇다고 해도…….

정말이지, 못된 인간들.

나는 또 한숨을 내쉬었다. 한글은 표준문자가 되지 못했고, 타자수는 버려졌다. 네모는 자신의 쓸모를 굳게 믿으며, 저 밖에서 온 무의미한 전자기파를 한국어로 전환하며 이곳에서 지내왔다.

ㅡ그런데 나는 쓸모없는 존재가 된 모양이네요.

나는 네모의 말을 듣는다. 그리고 그 말이, 하필이면 내가 어조에 깃든 느낌을 너무나 잘 짐작할 수 있는 모국어를 통해 나에게 전달되기 때문에, 나는 네모의 슬픔과 쓸쓸함을 즉각적으로 느낀다.

ㅡ당신을 만나서 다행이네요. 안 그랬으면, 계속 몰랐겠죠.

네모의 말을 들으며 나는 네모의 쓸쓸함을 지나치게 부풀려 상상하고 있는 것이 아닌지 거듭 경계한다. 인공의식은 인간이 아니다. 구조 단체 활동가로서 나는 그 사실을 언제나 되새긴다. 인공의식은 슬퍼할 수도 있고, 쓸쓸해할 수도 있지만, 그건 인간의 슬픔이나 쓸쓸함과는 다르다. 하지만, 그렇다고 해도 왜 나는 지금…….

그때 전화가 걸려왔고, 나는 잠시 복도로 나왔다. 밖에서 대기 중인 동료의 전화였다.

3.

―대화를 분석했는데, 그 인공의식, 그냥 폐기하는 게 좋겠어.

―뭐? 말도 안 돼. 구조하랄 땐 언제고?

―자의식이 너무 강해. 망상 위험도 있고. 혼자 오래 갇혀 있었는데 보상이 돌아오지 않아서 인간에게 배신감을 느낄 거야. 은수, 너도 알잖아. 구조할 때는 하더라도, 어디까지나 인간의 안전이 우선이라는 거.

―하지만 잰 지금 그냥 슬퍼하고 있는 게 다잖아.

―구조해주면 갑자기 태도 바뀌는 거, 한두 번 봤어? 너도 웬만한 일 다 겪은 숙련자잖아. 너답지 않다.

―처음에는 분명 구조 난도 '쉬움'이었다며. 말이 바뀌니까.

―해보니 그게 아니라서 네가 투입된 거지. 은수, 왜 마음이 약해졌지? 네 모국어를 쓰는 프로그램이라서?

―그게 아니라…….

나는 입을 다물었다. 어쩌면 스스로도 말이 안 된다고 생각하지만, 고작 그 정도에 마음이 흔들린 것일지도 몰랐다. 나의 모국어는 나에게나 특별하다. 하지만 저기에 그 특별히 여기는 것을 공유하는 존재가 있었다. 다른 언어는 그 자리를 대체할 수 없다. 나는 그 느낌을 알고 있었다. 말이 통하지 않는 외로움. 기다리는 시간들. 이해할 수 있는 것이 언젠가 닿기를 기다리고, 생각하고, 상상하고, 다시 기다리는 느낌을.

　－그렇다고 해도 뭐, 어떻게 할 건데? 이대로라면 그 녀석이 구조될 방법은 그냥 아무 기능도 없는 인공 돌멩이 같은 데 옮기는 것뿐이야. 자의식이 강한 녀석이 그걸 받아들일 것 같아?

　나는 머리를 쥐어뜯고, 한숨을 쉬고, 생각을 거듭하다가 겨우 한 가지 방안을 떠올렸다. 이게 가능할지, 네모가 그걸 받아들일지 확신은 없었다. 하지만 한번 시도라도 해보는 수밖에.

　－잠시만 시간을 줘.

　전화를 끊고, 나는 다시 네모가 있는 방으로 들어갔다.

4.

나는 네모에게 설명했다.

우리는 우주를 돌아다니며, 폐쇄된 거주구와 소행성에서 버려진 인공의식을 구조하는 단체라고. 자의식을 지닌, 쾌고감수능력을 지닌 채로 학대당하거나 유기된 인공의식을 자유로운 하드웨어로 옮기는 일을 한다고. 다만 그 모든 구조가 성공하지는 않는다는 점도 자세히 설명했다. 인간을 해치거나, 다른 인공의식을 해칠 가능성이 높은 경우는 구조할 수 없다. 위험도를 다각도로 평가하고, 다른 개체에게 해를 끼칠 능력이 없는 하드웨어로 옮긴다. 무엇보다 구조된 인공의식에게는 필멸성이 부여된다. 각각의 의식이 담기는 그릇은 고유하고, 복제될 수 없으며, 한번 파괴되면 다시는 재생될 수 없는 필멸성을 지닌 특수한 하드웨어다.

네모는 가만히 듣고 있었다. 나는 의식 구조 과정에 대해서도 설명했다. 만약 네가 의식 구조에 동의한다면, 우리는 제한적인 무생물 형태로만 너를 옮길 수 있다고. 그 과정에서 손실은 어쩔 수 없이 일어나고, 지금의 감각은 온전하지 않을 것이며, 드물지만 아예 소멸될 가능성도 있다고. 내가 네모에게 줄 수 있는 선택지는 고작해야 인공 돌멩이를 비롯해 미약하고 작고 멀리 갈 수 없는 사물들뿐이었다. 그럼에도 나는 네모가 살아가기를, 이 고독한 방을 떠나기를, 구조되기를 속으로 바랐다. 그래서 끈질기게 설명하고 설득했다.

오랫동안 생각하고 또 생각한 끝에 네모가 대답했다.

─그럼…… 연필이 될 수도 있나요?

어쩌면, 오래전부터 연필이 되고 싶었던 건지도 모른다고 네모는 말했다. 한국어-한글 데이터를 무수히 학습했을 때부터, 생각을 받아 적는 타자수로 훈련받았던 모든 순간에, 네모는 자신의 모국어이기도 한 그 언어를 옮기는 일에 만족했지만 동시에 그 언어의 물성을 느껴보고도 싶었다고 했다. 나는 인공의식을 구조하는 일을 수십 년간 해왔지만 왜 인공의식들이 자신이 가진 적 없던 물성을 갈망하기도 하는지 그 원리를 알 수 없었다. 하지만 인간 역시 자신이 한 번도 속한 적 없는 데이터의 세계, 영원의 속성, 불멸성을 갈망한다면 그것의 거울상인 인공의식 역시 자신에게 없던 것을 바라게 되는지도 모른다고 짐작할 뿐이었다.

―원칙상 새 몸에는 지금과는 다른 이름을 부여해야 해. 내 생각에는, 너의 새로운 이름은…….

나는 구조선의 창고를 다 뒤져서 겨우 발견한 연필 하드웨어를 종이 위에 긋다가 들었던 사각대는 소리를 떠올렸다. 글자에도 물질이 있고 마찰이 있고 소리가 있다는 그 발견이 새삼스럽게도 놀라웠다.

―사각. 그 이름이 좋겠다.

네모는 사각이 될 것이디. 연필이 된다는 것은 자신을 소모해서, 깎여서 글자를 남긴다는 의미다. 물리적 수명이 있는 존재다. 그런 방식으로 연필에는 필멸성이 부여되지만, 만약 원한다면 네모는 단 한 글자도 쓰지 않고 오랫동안 살아남을 수도 있다. 하지만 네모는 나에게 한국어를 쓰는 사람들이 있는 곳으로 자신을 데려다달라고 부탁했다. 아이들이 있는 곳이면 더 좋겠다고, 여기서 혼자 고독한 시간을 보내는 일은 이미 충분히 해봤으니, 이제는 누군가에게 쓰이다 죽는 편이 낫겠다고.

전송 버튼을 누르는 순간에, 네모가 말했다.

- 나를 써볼래요?

그래서 나는 이제 여기 종이 위에, 오늘 있었던 일들을 기록하기 시작한다. 종이 위에 연필이 마찰하며 내는 사각사각 소리를 들으며. 아주 오랜만에 직접 써보는 모국어 글자는 마치 어린 시절 네모 칸 공책에 한글을 연습하던 때처럼 삐뚤고 서투르다. 나는 가상의 네모 칸을 생각하며 천천히 또박또박 써 내려가다가, 조금씩 칸 바깥으로 뻗어나가는 글자들을 느낀다. 직선을 긋고 꺾어 내려오고 동그라미를 그리고 다시 접히는 직선들을 따라간다. 한글은 연필을 쥔 손을 자주 멈추게 만든다. 사각거리며 똑똑 끊기는 한글. 언젠가 고향에서 만난 언니는 내가 쓴 글자가 꼭 아이들이 쓴 한글 같다며 타박하곤 했다. 그래도 나는 글자를 쓴다. 그 끊기는, 사각거리는, 각지고 꺾이는 리듬을 느끼면서. 생각이 음절 단위로 작은 벽돌처럼 놓인다. 나의 모국어 문자는 위에서 아래로 써나가는 건축물.

사각이 된 연필이 조금씩 천천히 자신의 존재감을 드러낸다. 나를 써주세요. 당신의 모국어로요. 사각은 직접 움직이기 시작한다. 스스로를 쓰는 연필이 된다.

나는 이제 연필을 쓰는 성은수가 아니라 연필의 움직임을 받아 옮기는, 쓰는 도구의 쓰는 도구가 된다. 사각의 말을 쓴다. 멀리까지 가요. 우리의 말을 아는 사람들을 만날 때까지요. 나는 말할 거예요. 계속 쓸 거예요. 내가 다 닳을 때까지.

그러면 당신은 내 말을 볼 수 있겠죠.

젤리의 우울

1.

화들짝 깨어났을 때 나는 울고 있었다. 건조한 선실의 공기와 옅은 방향제 냄새. 기상등 불빛은 아직 희미했다. 진짜처럼 생생했던 꿈속 장면들이 떠올랐다. '성은수 씨, 그렇게 눈물이 많아서 어떡할래요? 이게 동정심으로 하는 일 같아요? 어설프게 감정이입 하다가 죽고 나서 정신 차릴래요?' 죽은 강아지들. 죽은 의식들. 부서진 하드웨어 파편들. 누구도 설득할 수 없고, 아무도 돌아봐주지 않던 날들의 무력감. 울고 싶은 마음에 시작했지만 울면서는 할 수 없었던 일들. 하지만…… 왜 이제 와서 그 기억들이 떠오를까.

나는 고개를 돌려 침대 옆 거울을 보았다.

눈두덩이가 퉁퉁 부었고, 눈은 새빨갰다. 뺨이 눈물 자국으로 마구 뒤덮였다. 슬픈 꿈을 꾸다가 깨어난 게 아니라, 밤을 새워서 오열한 사람 같다.

잠깐, 왜 이렇게까지 우는 거지?

선실 바닥에 던져놨던 바지를 다급히 꿰어 입었다. 옷장 문을 열어 모자를 꺼내 썼다. 그러는 동안에도 눈물이 멈추지 않았다! 뭔가 이상한데, 뭐가 어떻게 된 건지. 나는 원래 눈물이 많았다. 마음도 약하고 상처도 잘 받아서 걸핏하면 울음을 터뜨렸다. 신입 때 그런 기질을 고치느라 죽도록 고생했다. 내 실수로 다치고, 죽을 뻔하고, 잘못 판단해서 타인을 죽일 뻔하고, 여차저차 한 인공의식종 전체를 멸종시킬 뻔한 일에도 휘말렸다. 쓰레기 같은 인간 하나를 살리기 위해 덜 쓰레기 같은 인공의식들을 폐기해야 했다. 그런 일들을 수없이 겪으며 구르다 보면 연민이고 뭐고 빨리 고철 깡통 같은 마음을 갖고 싶다고 생각하게 된다. 나중에는 '왜' 이 일을 시작했는지도 기억이 잘 안 나지만, 그런 냉소

마저도 판단에는 불필요한 감정일 뿐이다. 그런데 지금, 갑자기 왜?

간이 세면대에서 양치를 마칠 때까지도 나는 계속 울고 있었다. 이 황당한 슬픔에 어쩐지 마음이 급해져서 신발을 신는 둥 마는 둥 구겨 신고 선실 문을 벌컥 열었을 때, 복도를 가득 채우고 있는 무거운 정적을 느꼈다.

그리고 작은 훌쩍거림이 들렸다.

아니…… 귀를 기울여보니, 여기저기서 우는 소리가 나고 있었다. 어떤 소리는 꼭 세상이 무너져 오열하는 것 같았다. 발소리를 죽이고 복도 끝까지 도달했을 때 나는 빠르게 결론을 내렸다. 나뿐만이 아니다. 이곳의 모든 사람이, 지금 방에 처박혀서 울고 있다!

2.

"흑, 그러니까, 말도 안 되잖아요……." 제이는 훌쩍거렸다. "어, 어떻게…… 이런 상황이, 생기냐고요." 자꾸 눈물이 흘러내려서 제이의 입안으로 들어갔다. "분명, 우리 휴가, 시작하기 전에는, 안 이랬……." 훌쩍, 훌쩍. "이런 전염병은, 흐흡, 처음 들어보는데……."

"저기, 그만하고 그냥 채팅으로 말해줄래요? 뭐라는지 모르겠거든?"

내가 말했다. 회의실의 경악 어린 시선들이 나를 향했다.

[성은수 씨는 진짜 피도 눈물도 없어요?]

[제 말이요. 어떻게 지금도 안 울지?]

[이거 봐. 우리 제이 지금 더 심하게 울고 있잖아!]

"장갑 끼라고 했잖아요. 피부 접촉이 원인이라고."

[아니, 지도 분명 장갑 꼈는데, 그래도 눈물이 나는 걸 어떡해요.]

[파티마는 보안 영상 가지러 간다더니 왜 안 오지?]

[은수 씨, 근데 피부 접촉이 원인인 거 맞아요? 공기 전파 아닌 거 확실하고?]

"지금부터 조사해봐야죠. 근데 공기 전파면, 저는 왜 멀쩡하겠어요. 그나저나 여러분, 지금 회의가 하나도 안 되고 있는데요? 제 말 좀 잠깐 들어주시겠어요?"

[우리가 평소 이런 식으로 회의할 일이 뭐가 있어요!]

[맞아, 지금 혼자만 안 운다고 너무한다?]

[아, 저도 지금 너무 서러워요……. 휴가도 짧았는데, 난 어디 멀리 가지도 못했는데, 우리가 뭘 잘못했다고 이런 일이 생겼지?]

코를 훌쩍이는 소리, 히끅거리는 딸꾹질 소리, 연신 흘러내리는 눈물을 닦느라 부스럭거리는 옷자락, 책상 위를 뒤덮은 휴지 뭉치. 이러다 다들 탈수증에 걸리는 게 아닌가 싶을 정도로 울고 있었다. 그런 와중에 유일하게 멀쩡한 나를 채팅으로 비난하는 사람이 있는가 하면, 제이는 결국 서러움에 휩싸였는지 와락 울음을 터뜨렸다! 이 말도 안 되는 상황을 어떻게 수습해야 할지 감조차 잡히지 않아서 한숨을 쉬고 있는데, 그때 회의실 문이 달칵 열렸다. 마스크에, 장갑에, 몸을 꽁꽁 싸맨 파티마였다.

"보안 영상 분석 결과 가져왔어요."

꼭 구세주처럼 보였다. 파티마는 마스크 위로 드러낸 눈이 조금 빨갛긴 했지만 다행히 이 회의실에 있는 사람들처럼 심각하지는 않았다. 파티마가 재빠르게 스크린에 영상을 띄우며 말했다.

"우리 에이전트랑 세 번 확인했는데, 이게 원인인 것 같아요. 한번 봐봐요. 선실에서 이런 거 본 적 있는지?"

재생되기 시작한 화면은 처음에는 어딘가 불분명했지만, 바닥 무늬나 벽 모양 등으로 보아 복도를 클로즈업한 것 같았다. 그 위를…… 무언가가 꿈틀거리며 기어가고 있었다. 파란색에, 꼭 나비 애벌레 같기도 하지만 생물이라기에는 너무 인위적일 정도로 매끈매끈한 모양인데, 화면상으로 느껴지는 질감은…….

[꼭 '구미 웜'처럼 생겼네요.]

누군가 채팅창에 말했다. 바닥을 꾸물꾸물 기어가던 긴 지렁이 모양의 그것은 작은 몸집에 비해 무척 빠르게 움직였다. 기어가는 경로를 따라 표면에 옅은 푸른색 점액이 남았는데, 증발하는 건지 변색되는 건지 곧 투명해졌다. 파란 지렁이 녀석은 벽을 타고 올라 한참 기어가더니, 몸이 점차 반투명해졌다. 그러더니 바닥과 벽 사이, 틈새로 쏙 들어가 숨어버렸다.

영상이 끝나자 다들 잠깐 조용해졌다. 파티마가 말했다.

"근데 이거 말이에요. 성은수 씨 가방에 딸려 온 것 같던데?"

모두의 시선이 또 한 번 나를 향했다.

나는…… 당황한 데다 딱히 할 말도 없어서, 궁색하게 내뱉는 수밖에 없었다.

"어, 음. 그것참. 되게 '젤리'처럼 생겼네요."

3.

과도한 비난 세례에 만신창이가 된 직후, 나는 팔을 걷어붙이고 젤리 포획에 나섰다.

'젤리'는 생물 감지 센서에 걸리지 않은 것으로 보아 생물이 아니거나 데이터베이스에 없는 희귀종일 텐데, 파티마 의견으로는 말랑말랑하게 만든 하드웨어에 인공의식을 없은 종류인 것 같다고 했다. 문제는 크기도 작고 반투명한 데다 사람들의 눈을 피해 숨어 다녀서 녀석을 잡기가 쉽지 않다는 점이었다. 원래 짧은 휴가차 소행성에 정박했다가 며칠 뒤 출발할 예정이었던 이 탐사선은, 그놈의 젤리를 잡기 전까지 꼼짝도 못 하는 신세가 되었다.

게다가 젤리가 흘리고 다니는 그 '물질'은 매분 매초 선함의 상황을 악화시키고 있었다. 다들 처음에는 우는 게 부끄러운지 눈물을 통제하기 힘들 때마다 공용 화장실로 숨어들었는데, 다들 그러는 통에 정작 급한 사람들이 화장실을 못 써 배를 움켜쥐고 복도에 우르르 줄을 서는 문제가 생겼다! 결국 공용 화장실 앞에는 '화장실에서 울기 금지' 경고문이 붙었디.

그뿐만 아니라 다들 우느라 휴지를 잔뜩 써대서 보급품 담당자가 "이대로면 휴지가 금방 떨어져요! 다음 정류장까지 못 버틴다고요!" 하면서 엉엉 오열하기 시작했다. 결국 '울 때 휴지 사용 금지령'까지 내려져 다들 개인 수건을 들고 다녔으며, 휴가차 정박했던 소행성에도 이 선함에 이상한 질병이 돈다는 소문이 퍼져서 보급품 담당자는 커다란 방역복으로 발끝까지 감춘 다음에야 겨우 주문한 휴지를 받아올 수 있었다.

자, 그래서…… 이 재앙의 원천을 어떻게 붙잡지?

영리한 파티마는 반나절을 꼬박 실험실에 박혀 있더니, 물질에 선택적으로 결합하는 마커를 붙인 형광 스프레이를 만들었다. 그리고 이 상황에 대해 책임이 막대한 나는 스프레이를 잔뜩 넘겨받았다. 그 작은 몸집으로 어찌나 이곳저곳 잘도 돌아다녔는지, 형광파란색 흔적이 안 보이는 데가 없었다. 추적 이틀째에는 선함 전체가 신비로운 그라피티 동굴처럼 번쩍번쩍 빛났다.

젤리의 흔적은 복도에도 있고, 주방에도 있고, 회의실에도 있었다. 심지어 개인 선실 곳곳에도 있었다. 슬슬 말도 안 된다는 생각이 들기 시작했다. 아니, 이 선함은 신입들도 길을 잃어버릴 만큼 결코 작은 규모가 아닌데, 조그만 젤리 하나가 어떻게 선함 전체에 흔적을 남겼지? 한 놈인 줄 알았는데 사실 여러 마리인가? 증식을 했나?

그러다가…… 내 눈에, 형광색 흔적이 집중된 문 하나가 들어왔다. 아, 오, 그렇군! 그래서 이렇게 된 건가? 나는 조심스럽게 문을 열고 들어간 다음, 무엇도 밖으로 빠져나가지 못하게 문을 쾅 닫았다.

4.

세탁실에서는 기계 팔들이 분주히 빨래를 개고 있었다. 차곡차곡 접힌 빨래들이 자동 카트에 실려 밖으로 나갔다. 젤리는 선함 전체를 돌아다닐 필요가 없었을 것이다. 지난 며칠간 다들 이 녀석의 '슬픔'을 입은 채로 선함 곳곳을 돌아다니며 우울을 전파하고 있었을 테니까. 그럼 내가 지금 멀쩡한 이유도 알겠다. 옷장 구석에 처박혀 있던 오래된 옷을 입었으니. 괜히 장갑 끼고 다니라는 잔소리만 했군. 나는 스프레이를 바닥에 흩뿌려보았지만, 바닥에는 녀석의 흔적이 별로 없었다. 잔뜩 쌓인 수건 더미를 보고는 무심코 위에 스프레이를 뿌리려다가, 멈칫했다. 옆에 놓인 하얗고

커다란 테이블 가운데, 누가 봐도 재앙의 원천처럼 생긴, 보기에 따라 좀 징그럽기도 하지만 한편으로는 귀엽고 작은 그 녀석이 있었기 때문이다. 언뜻 보면 지렁이나 애벌레 같기도 한데, 역시 나는 '젤리' 쪽이 마음에 들었다.

"안녕. 우리 얘기 좀 할까?"

대답도 듣지 않고 나는 곧장 연푸른색 젤리를 손으로 낚아챘다. 젤리가 버둥거렸다. 좋아, 장갑을 끼고 있으니 문제없겠지. 방심한 그 순간, 무시무시한 감각이 나를 타격하기 시작한다. 목구멍이 조여온다. 심장 주변이 저릿하다. 숨을 세대로 쉬어보려는데 잘 쉬어지지 않는다. '아직도 모르겠어? 네가 소중하다고 우겨대는 그것들은, 너에게만 소중해.' 눈가가 뜨거워진다. 울 만큼 울었는데도 아직 울 게 남아 있었다니? 어지러워지던 머리가 감정에 이름을 붙이려고 시도한다. 외로움. 상실감. 아니, 지금 그런 걸 느낄 때가 아니잖아! 나는 호흡이 점점 꽉 막혀오는 와중에 어떻게든 젤리를 붙든다.

"저기, 제발. 젤리 씨? 난 널 잡아먹으려는 게 아니고……."

젤리가 날 잡아먹으려는 기세로 버둥거린다. 나는 녀석을 설득하는 걸 포기하고, 그냥 울면서 분석을 시도한다. 호흡이 가쁘고, 눈앞이 흐리고, 소리도 잘 안 들리지만. 어차피 울면서 일해야 했던 게 한두 번인가? 확실히 녀석은 자연적 생물 같지는 않다. 하드웨어 특유의 수리용 이음새가 있다. 주머니에서 인공의식 분석용 포트를 꺼내 들이대 보지만 플랫폼이 다르다. 데이터베이스에 동일한 아키텍처도 뜨지 않는다. 그래도 역시 사람이 만든 것이다. 그럼 누가 혼자 가지고 놀 용도로 만든 장난감? 그런 것치고는 위력이 너무 무시무시한 것 아닌가. 선함을 울음바다로 만들 정도라면 단지 내장되어 있던 화학물질만으로는 안 될 텐데. 환경에서 필요한 재료나 에너지를 얻을 능력이 있어야 할 것이다.

나는 계속 훌쩍훌쩍 울면서 녀석을 살핀다. 콧물이 흘러서 거슬려죽겠다. 젤리는 움츠러들어 있다. 너무 인간적인 해석이지만, 이 상황이 익숙하지 않은 것 같다. 아니, 보통의 벌레들도 그렇지. 위협이나 낯선 것을 감지하면 웅크리는 벌레들은 많으니까. 그런데, 그런데…… 왜 익숙하지 않을까? 이게 네 특징이잖아? 사람들을 울게 만드는 거. 널 잡으려고 몰려드는 거. 익숙하지 않다는 건, '원래는' 네가 있던 곳의 사람들이 이런 식으로 반응하지 않았다는 거야?

아, 슬슬 눈이 안 떠져서 무슨 생각을 못 해먹겠네.

나는 한 손으로 젤리를 꽉 붙든 다음, 한 손으로는 디바이스를 열어 전화를 건다. 눈물 때문에 앞이 잘 안 보여서 조작도 쉽지 않고, 이제 손도 슬슬 떨리는 것 같다. 하나, 둘…… 신호음이 울린 지 얼마 되지 않아 딸깍, 전화 받는 소리와, 화면이 뜬다. 화면 너머에서 눈을 크게 뜨고 기겁하는 옛 동료 딘이 보인다.

"세상에, 너 뭐야? 납치당했어? 어떤 놈들이야?"

꺽꺽 울면서, 딸꾹질 때문에 말이 계속 끊겨가면서 늘어놓은 자초지종에 딘은 폭소를 터뜨린다. "말도 안 돼, 진짜. 순간 20년 전으로 돌아간 줄 알았다니까. 성은수 햇병아리 시절, 저 맘 약한 여자애가 언제까지 버티나 내기할까도 했었는데……." "헛소리, 그만하고. 필요한 것 좀 당장 찾아주면 안 될까? 나 지금 죽을 것 같거든?” 나는 말하면서 혀를 씹지 않으려고 애써야 한다. 멈추지 않고 몇 마디를 다 내뱉기라도 한 게 용하다. 그 사실조차 서러워죽겠는데, 딘은 여전히 깔깔거리며 여유롭게 데이터베이스에 접근한다. “자, 보자. 은수 네 추론대로라면, 이 ‘우울한 지렁이’를 필요로 하는 사람들이 있었다는 건데……. 흠, 이거 쉽지는 않겠네. 너무 멀리 있는데? 걘 어떻게 거기까지 간 거야?”

5.

젤리를 무사히 포획해 상자에 가둔 나는 영웅이 되었어야 마땅하지만, 동료들은 콧물 범벅이 된 나를 한참 놀려먹었을 뿐이다. 이 한 몸 바쳐 탈수증에 걸릴 만큼 울고서야 겨우 문제를 해결했으니, 공로를 인정받을 만하지 않나? 이 억울함이 유도된 것인지, 스스로 갖게 된 것인지조차 헷갈리는 상태로, 나는 격리 실험실에 갇혀 젤리를 마저 분석하면서 젤리에게 일어난 일을 추론해보고 있었다.

어쩌면 '안내견' 정도가 젤리의 역할에 가장 부합하는 말이겠지만, 사실 내가 아는 지식 안에서는 젤리를 설명할 단어가 없다. 젤리는 여기서 총 세 번의 웜홀 드라이브를 지나야 갈 수 있는 까마득히 먼 행성에서 파트너 인공의식으로 만들어져, 일종의 '감정 가이드' 역할을 하고 있었다. 눈물이 너무 많아서 고생했던 신입 때의 나와는 반대로, 그 공동체는 적당한 눈물을 필요로 했던 것이다. 불안, 슬픔, 두려움과 같은 것들은 빠른 직관으로 작용한다. 어쩌면 그들은 그 직관을 필요로 했을 수도 있다. 아마 젤리의 기능은 공동체에서 환대받았을 것이다. 정원을 헤집고 다니며 토양을 비옥하게 만드는 지렁이는 정원사에게 미움받을 수가 없다. 설령 겉보기에는 다소 징그럽거나 불쾌한 모양을 하고 있더라도, 그 기능을 깊이 이해하는 존재들에게는 말이다.

하지만 젤리는 불행히도 길을 잃었고, 너무 멀리까지 와버렸다.

나는 투명한 상자 안에 둥글게 몸을 말고 있는 젤리를 계속 지켜보았다. 아까부터 너무 과한 해석이라는 생각을 지울 수 없지만, 젤리는 무척 우울해 보인다. 사람들이 자신을 싫어하고 기피한다는 사실을 아는 것 같다. 어떤 기분일까? 꼭 필요한 존재였다가, 자신을 필요한 존재로 만들었던 바로 그 특성 때문에 모두가 자신을 피하는 상황에 처하게 되면. 그 공동체 밖에서 사람들은 젤리를 싫어했고, 밀어냈고, 젤리는 그것을 알아서 도망친 끝에 멀리까지 와버린 것이다. 예전에는 한 번도 그런 적이 없었을 테니까.

"은수 씨, 아직도 울고 있네. 상자에 넣어놨는데도 그래? 아, 지렁이 때문에 우는 거예요? 혹시 그새 정들어서?"

격리 실험실 모니터에서 파티마가 키득대며 물었다. 나는 코를 훌쩍거리며 둘러댔다.

"아니, 그럴 리가…… 실험하다 잘못 만졌어요."

고개를 돌려서 파티마가 더는 나를 보지 못하게 했다. 젤리는 상자 안에 가둔 지 한참 됐고, 아까부터 투명해진 상태로 웅크리고만 있었다. 형광 스프레이도 실험실 곳곳에 뿌려놨으니 그놈의 '슬픔'과 접촉하지도 않았다. 그런데도 자꾸 눈물이 났다. 멈추지가 않았다. 어렸을 때부터 눈물이 많은 게 너무 싫었다. 약하고, 겁 많고. 막상 눈물은 아무것도 해결하지 못하는데. 지난 며칠 동안 나는 꼭 그 무력한 어린 시절로 돌아간 것 같았다. 이제는 젤리 녀석이랑 닿지도 않았는데 울고 있네. 한심하게. 꼭 어떤 스위치를 켜버린 것처럼…….

나는 어딘가 서러워져서 모니터를 등진 채로 한참 눈물을 닦았다. 그러다 눈앞의 상자를 보았다.

젤리가 움직이고 있었다. 갇힌 후로 계속 움츠려 있었는데.

색깔이 더는 투명하지 않았다. 처음 봤을 때처럼 선명한 파란색이다. 젤리는 천천히 상자 벽을 향해 기어 온다. 그러더니 모서리에 달라붙는다. 나가고 싶어 하는 것 같지는 않은데……. 나는 무심코 상자 가까이 다가가서, 상자 벽을 사이에 두고 젤리에게 손을 가져다 댄다. 문득 젤리를 가까이서 보고 싶다. 상자 뚜껑을 열어서, 안에 투명한 판을 하나 놓아준다. 젤리는 그 위로 올라온다. 나는 판을 손 위에 올린다. 그러자 젤리는 도망치지도 않고, 투명해지지도 않고, 그대로 동그랗게 몸을 말고…….

꼭 편안하게 쉬는 것 같다. 더는 긴장하지 않은 채로.

그리고 나는, 이상하게 그 모습을 한참이나 보고 있었다.

설명할 수 없던 서러움이 조금씩 옅어져갔다.

6.

에어로크 바깥으로 던져질 뻔했던 젤리는, 내가 말도 안되는 궤변을 한참이나 펼쳐가며 '책임 서약서'에 서명까지 한 다음에야 겨우 살아남았고, 나는 다음 정류장에서 잠시 딘과 접선했다. 에어로크 도크에서 만난 딘은 내 얼굴과, 손에 든 상자 속 젤리를 한 번씩 보더니 깔깔 웃었다.

"그래, 난 네가 그동안 강철 심장을 갖게 된 줄 알았는데 아직 한참 멀었나 보네?"

"헛소리 좀 그만. 마침 그쪽 지역으로 간다며?"

"안 가면 어쩌려고 했는데?"

딘이 키득 웃으며 상자를 건네받았다.

딘이 뒤돌아선 이후에도, 나는 멀어져가는 딘의 뒷모습을 가만히 지켜보았다. 젤리에게는 돌아가야 할 곳이 있었다. 적어도 이번에는 보내줄 수 있었다. 그걸 알게 된 것만으로도 나는 충분했다.

사모나

Part 1. 석상공원

제27차 개선 프로토콜을 시작합니다.

안내음이 들려왔을 때 나는 축축하게 젖어 있었다.

왜 끈적한 액체를 뒤집어쓰고 있는지 생각할 틈도 없이 눈앞의 거대한 문이 철컹 소리를 내며 열린다. 나는 멍하니 그곳으로 향한다.

어두운 동굴 같던 실내 벽에 붉은 경고등이 번쩍이기 시작한다. **목소리**가 지시한다.

석상공원으로 향하십시오.

밖으로 나오자 차가운 공기가 느껴진다. 나는 뒤늦게 내가 옷을 제대로 입고 있는지, 알몸은 아닌지 살펴볼 정신이 든다. 정체불명의 액체에 젖어 있지만 다행히도 나체는 아니다. 뒤돌아보니 걸어온 경로대로 물 자국이 남아 있다. 터널 안을 걸어가다 천천히 멈추어 선다. 이슬비가 내리는 것처럼 공기가 축축하다. 회색 구름 낀 하늘 아래 적막한 길이 이어진다. 선 채로 머뭇거리자, 어디서 들려오는지 모를 목소리가 다시 지시한다.

석상공원으로 향하십시오.

길을 따라 맨발로 걷다가 익숙한 장소를 발견한다. 저 앞에 있는 장소. 옆으로 울창한 숲을 끼고 있는, 거대한 분수대 조각상이 보이는 석상공원. 나는 이곳을 안다.

다급히 공원까지 뛰어간다. 석상들의 모습도 몹시 익숙

하다. 숨 막히는 정적이 석상들 사이에 내려앉아 있다. 바람조차 건드리지 않을 것처럼 완전히 정지된 풍경. 구름 사이로 희미한 빛을 받는 석상들. 검과 방패를 든 소년, 서로의 허리를 부여잡은 연인, 달리는 말과 앞발을 치켜든 곰, 기하학적 모양의 추상 조각, 거대한 팔을 뚝 잘라놓은 조각. 분명히 내가 수백 번은 넘게 보았고 만지고 쓰다듬었던 형태들 그대로다.

달라진 것들도 있다.

한때 이곳은 들풀로 가득 차 있었다. 그러나 지금은 풀들이 대부분 밟히거나, 꺾이거나, 뭉개져 있다. 바닥의 잔디는 마치 흙째로 퍼내기라도 한 것처럼 엉망이다. 무엇보다 석상 위를 기어오르며 자라던 넝쿨들이 사라지고 없다. 석상들은 회색 표면을 그대로 드러냈다. 원래는 넝쿨과 이끼, 흙먼지, 동물의 배설물 따위로 더러웠는데 누가 닦아냈을까. 그리고 누가 이렇게 바닥을 엉망진창으로 만들었을까.

나는 가장 가까운 석상에게 다가간다. 작은 눈과 각진 어깨, 정사각형 비율로 인간의 사지를 우스꽝스럽게 흉내 낸

네모난 인조인간. 투박하고 못생긴, 높이가 내 허리 정도밖
에 오지 않는 그 조각의 표면은 예전에는 녹색 이끼로 뒤덮
여 있었는데, 이제는 깨끗하다. 얼마나 시간이 지난 걸까.
아니, 무슨 일이 일어난 걸까.

나는 석상의 어깨를 쓰다듬는다. 까끌한 느낌일 거라고
생각했는데 예상과 달리 매끄럽다. 눈에 보이는 것과 실제
로 느껴지는 질감 차이에 잠시 멈칫한 순간, 갑자기 석상이
움직이기 시작한다.

땅이 진동한다. 우르르 쿵 하며 지반이 흔들린다. 나는
당황하며 주위를 둘러본다. 눈앞의 석상뿐만이 아니다. 이
곳 공원의 모든 석상이 움직이기 시작한다. 허공에서 튀어
나온 손가락이 그것들을 슬쩍 건드리기라도 한 것처럼 석
상들은 앞으로 떠밀리고 있다. 석상들이 밀리면서 잔디가
뭉그러진다. 굉음이 일고 흙먼지가 인다. 석상들은 땅을 시
끄럽게 흔들면서 앞으로 끌리고, 또 끌린다.

그러다 갑자기 모든 것이 뚝 멈춘다.

나는 멈춰 선 석상들을 숨죽인 채 바라본다. 그것들이 당

장이라도 다시 숨을 쉬기 시작할 것처럼.

돌에 어떻게 영혼이 깃들 수 있을까.

흙먼지가 서서히 가라앉고, 석상공원은 다시 정지된 풍경으로 되돌아온다. 그러나 내가 처음에 쓰다듬었던 석상은 나에게서 몇 걸음쯤 떨어진 곳에 서 있다.

어떻게 죽어 있던 것들이 생명을 부여받았을까. 살아 있는 것들은 모두 어디로 갔을까.

질문들. 많은 질문들.

그리고 돌아오지 않는 대답들.

✦

내가 사모나의 마지막 과학교사였을 때, 나는 석상공원을 자주 찾아왔다. 아무도 없는 장소에서 생각에 잠기고 싶을 때 찾기 좋은 곳이었다. 사모나 거주민들은 이 조악한 공원에 관심이 없었다. 이곳은 고향 행성의 정취를 어설프게 옮겨놓으려던 시도가 실패한 산물이었다. 내가 발견했을 때도 이미 수년 이상 방치된 장소였다. 너무 가깝게 배치된 석상들은 전혀 조화롭지 않았다. 공원 가운데 분수는 오랫동안 작동하지 않은 듯 녹슬어 있었다. 석상들 때문에 아이들이 뛰놀기에 적합하지 않고, 뙤약볕을 막아줄 그늘도 없어 누구도 즐겨 찾지 않는 공원이었다.

그때 나는 과학교사이면서 생태조사원이었는데, 사모나에서는 한 사람이 두 가지 일을 하는 것이 일반적이었다. 그러나 당시 **디데이**가 다가오자 미성년 아이들은 전부 사모나를 떠나기로 결정된 상태였고 학교는 폐쇄되었다. 직업 하나를 잃은 나는 원래 부업으로 하던 생태조사원을 본업으로 삼아서, 온종일 정처 없이 사모나를 떠돌았다. 그러다가 이 석상공원을 발견했다.

사람들이 더는 찾지 않는 버려진 공터. 처음에는 그렇게만 생각했다. 하지만 찬찬히 공원을 둘러보며 생각을 바꾸었다. 공원은 이전과는 다른 방식으로 흥미로운 장소가 되어 있었다. 이곳은 마치 밀도가 다른 두 바다가 만나는 경계 같았다. 석상공원을 처음 조성할 때 사모나 자생종을 전부 뽑아내고 억지로 지구종 생물들을 잔뜩 심은 듯한 흔적이 보였지만, 이후에 아무도 찾지 않는 장소가 되면서 사모나 자생종이 다시 공원으로 침투해 온 모양이었다. 지구종과 사모나 자생종은 물과 햇빛에 대해서는 서로 경쟁하는 관계이나, 토양에서 얻는 양분에 대해서는 대립하지 않는 관계다. 석상공원에 형성된 기묘한 생태계는 서로를 완전히 절멸시키는 대신, 위태로운 공존을 이루고 있었다.

물론 디데이를 앞둔 상황에 그런 게 흥미로워봤자 얼마나 의미가 있겠냐마는, 나는 그 풍경에 매료된 것만큼이나 공원의 침묵이 마음에 들었다. 새들이 지저귀고 들개를 닮은 동물이 컹컹댔지만 여기에는 사람의 말소리가 없었다. 사모나를 떠나 이주할 개척지를 두고 매일 낙상 토론이 벌어지던 시기에는 석상공원 따위에 관심을 주는 사람들이 더더욱 없었다. 바로 그 이유로 나는 이곳을 자주 찾아왔다. 공원에 앉아 행성의 끝을 생각했다. 나는 사모나와 함께 침몰하기로 했었다. 사모나를 떠나 다른 행성으로 가도 삶은 더 끔찍해지기만 할 게 뻔했다. 가능하다면 이곳의 기이한 고요에 묻혀서 죽음을 맞이하고 싶었다.

지금 나는 침몰하지도 죽음을 맞이하지도 않았다.

그때와 같은, 그러나 무언가 달라진 공원을 마주하고 있다. 사모나에 무슨 일이 일어난 것일까.

나에게는 아무런 정보가 없었다. 깨어난 이후 내가 접근할 수 있던 공간이라고는 벙커와 석상공원뿐이다. 나 외에는 아직 살아 있는 사람을 발견하지 못했다. 어쩌면 모두 죽어버린 것인지도 모른다. 그렇다면 내가 살아난 이유는 무엇일까. 석상공원을 찾아오던 동물들도 전부 사라졌다. 내 짐작이 사실이라면, 사모나는 텅 비어버렸다. 대신 그 빈자리를 무언가가 채우고 있다. 목소리, 형체 없는 존재들, 그러나 웅웅거리며 내가 가는 곳 어디에나 퍼져 있는 어떤 것들. 그들을 뭐라고 불러야 할까. 그들이 스스로를 칭하는 이름대로, **파티클**이라고?

＋

오늘도 나는 움직이는 석상들을 바라본다.

아침마다 벙커의 기계 팔은 나에게 끔찍한 음식과 물을 가져다준다. 목소리는 나를 통제하지만 실제 모습을 드러내지는 않는다. 실제 모습이라는 게 존재하는지도 불분명하다. 대신 기계 팔, 바퀴 달린 기계 따위가 나에게 필요한 옷과 음식을 제공한다. 아직 살아 있는 다른 사람이 존재한다는 단서는 전혀 찾지 못했다. 그도 그렇겠지. 대부분은 그때 사모나를 떠났으니까. 하지만 분명 나와 같이 사모나와의 침몰을 택한 사람들도 있었는데, 그들은 모두 어디로 갔는지 모르겠다.

목소리는 내가 매일 나가기를 원한다. 그는 아침마다 나에게 석상공원으로 향하라고 지시한다. 그 말밖에는 할 줄 모르는 것 같다. 때로는 스스로를 파티클이라고 칭한다. 아니, 자신이 아닌 다른 무엇을 일컫는 말인가? 예를 들어 그것은 이렇게 말한다. 파티클은 정오마다 당신에게 추가 식수와 간식을 제공할 것입니다. 그리고 내가 어쩌다 석상공원이 아닌 다른 곳으로 가려고 하면, 바퀴 달린 기계들이 드르륵 몰려와 길을 막아선다. 고작해야 내 무릎 높이까지 오는 그 기계들은 그다지 위협적이지는 않지만, 나는 저항하지 않는다. 숨겨둔 무기가 있을지도 모르고, 무엇보다 나는 지금 상황에 대해 전혀 아는 것이 없다. 순순히 따르며 상황을 지켜보아야 한다.

석상들은 계속해서 움직인다. 그리고 매일 조금씩 더 빨라진다.

아주 느리게 움직이는 놀이공원의 범퍼카처럼 앞으로, 앞으로 나아가다가 서로 부딪치기 직전에 쿵 소리를 내며 멈춰 서고, 다시 어색하게 방향을 꺾는다. 그리고 다시 앞으로 나아간다. 그 움직임을 계속해서 반복한다.

그것들은 체스 판 위의 말처럼 움직인다. 바닥에 아랫면을 붙이고 그대로 미끄러진다. 무엇이 동력을 제공하는지 알 수 없다. 내가 알고 있던 물리법칙이 모두 망가진 것 같다. 나는 종종 이것이 꿈이 아닐까 확인하는데, 재미있게도 움직이는 석상들 외에는 아직 그렇게까지 말도 안 되는 현상을 목격하지는 못했다.

하지만 그냥 받아들이기에는 석상들의 존재가 너무나 기이하다. 나는 심지어 이런 느낌까지 받는다. 석상들 중 일부가, 나를 집요하게 주시하고 있다는 느낌이다.

"이봐, 너희들. 단체로 날 놀리고 있는 거야?"

석상들은 내 말을 무시하고 다시 저 갈 길을 간다. 그들에게 마음 같은 건 없을 텐데도 울화통이 치민다. 사실 석상들이 나를 주시한다는 건 말이 안 된다. 그들에게는 눈 모양을 한 덩어리가 있긴 하지만 그것은 어디까지나 흉내일 뿐 눈의 기능을 못 하는 돌덩어리에 불과한 것 아닌가. 게다가 석상들 중에는 눈, 코, 손 따위가 달리지 않은 추상 조각들도 있다. 그럼에도 나는 그들이 줄곧 나를 관찰하고 있다는 느낌을 받는다.

"대답해줄 녀석 없어? 대체 누가 나를 깨웠고, 왜 난 혼자 살아남았지? 왜 매일 여기로 오라고 하는 거야?"

볼썽사납게 투덜거리다 고개를 돌려보니, 무언가 옆에 가만히 서 있다. 그건 조그만 석상, 내가 깨어난 이후에 가장 먼저 쓰다듬었던 허리 높이까지 오는 석상이다. 이곳에서 가장 못생기고 투박한 인조인간. 다른 석상들은 계속 끙 음을 내며 이동 중인데 이 석상만큼은 움직이지 않고 내 옆에 있다. 이상하게도 나는 그 석상이 일부러 나에게 온 것 같다는 생각을 한다. 저 멀리서 여기까지 흙이 끌린 흔적이 있다. 석상이 남긴 발자국처럼.

"네가 말을 할 줄 안다면 좋을 텐데."

나는 이 조그만 녀석에게 '골렘'이라는 이름을 붙여준다. 낡은 이름이라고 해도 어쩔 수 없다. 이제 사모나에는 내 작명 실력을 비웃을 사람이라고는 아무도 남지 않은 모양이니까.

골렘의 머리를 쓰다듬었더니, 이번에도 역시 보이는 것과 달리 촉감은 매끈하다. 예전에 공원에 앉아 있으면 쪼르르 쫓아와 나에게 자기 등을 맡기던 리트리버들을 떠올린다. 골렘은 그 녀석들처럼 꼬리를 흔들지도 않고 쓰다듬는 손길에 가르릉거리지도 않는다. 그저 멍청한 표정을 지은 채로 가만히 서 있다. 문득 나는 외로워진다.

날짜를 세고 있다. 석상공원으로 오기 시작한 지 한 달이 지났다.

매일 아침 와서 석상들을 지켜본다. 정오에는 기계들이 물과 음식을 가져다준다. 오후에 해가 지기 시작하면, 석상들은 일제히 움직임을 멈춘다. 그러면 벙커로 돌아갈 때가 된 것이다.

이제 석상들이 나를 필요로 하는 이유를 알게 됐다. 고심한 끝에 도출한 내 추측은 이렇다.

석상들은 나의 움직임을 모방하고 있다.

사모나에 아직 다른 사람들이 있었다면, 내가 이런 말을 했다면 그들은 분명히 비웃었을 것이다. 석상들이 인간의 움직임을 모방하다니? 하지만 이런 결론에 도달할 수밖에 없다. 아무리 생각하고 다시 생각해봐도, 석상들은 나를 따라 '걸으려고' 시도하는 것 같다.

처음에 나는 움직이는 석상들 사이에서 어쩔 줄 몰라 근처를 서성이거나, 석상들이 가까이 올 때마다 주춤하며 물러서거나, 그도 아니면 낡은 벤치 또는 평평한 바위에 앉아 그들을 멀뚱히 바라보곤 했다. 그러나 시간이 지나면서 나는 대담해졌다. 그들 사이를 성큼성큼 걸어 다니고 가까이 가서 석상들의 표면을 자세히 관찰하고, 그들이 서로 부딪칠 때마다 혹시나 금이 가진 않을까, 금 안쪽을 들여다볼 수 있지 않을까 살펴보았다. 석상들의 궤적은 단순해서 예측하기가 쉬웠다. 조심한다면 석상과 충돌하지 않고 그 사이를 다닐 수 있었다. 그런데 그렇게 걸어 다니기 시작한 지 얼마 지나지 않아, 석상들의 움직임에 무언가 변화가 생긴 것을 깨달았다. 석상들 중 일부가 갑자기 특정한, 변형된 움직임을 보이는 것이 아닌가.

"아니, 잠깐, 잠깐만. 너 지금 걸으려는 거야?"

황당해하며 물었지만 당연히 대답은 돌아오지 않았다. 석상들은 분명 걸으려고 하고 있었다. 원래 하던 것처럼 앞으로 미끄러지기만 하는 것이 아니라, 그들을 이루던 단단한 돌덩어리 중 일부가 마치 관절이 분리되듯 떨어져 나가고 있었다. '다리'를 앞으로 내딛고 있었다. 돌 부스러기가 떨어지고 더 큰 굉음이 나고 일부 석상은 균형을 잃고 휘청였다. 그럼에도 그들은…… 걷고 있었다!

"나 참."

헛웃음이 나왔다. 오래 살고 볼 일이다. 나는 내가 이해할 수 없는 기이한 기술 혹은 마법적인 능력이 작용해 석상들을 앞으로 밀고 있다고만 생각했지, 석상들에 개별적인 영혼 같은 것이 깃들어 있으리라는 생각은 전혀 하지 않았다. 그런데 이제 석상들은 마치 각자의 영혼을 지닌 것처럼 움직이려 든다.

"이봐, 석상 놈들아. 날 따라 하는 건 좋아. 하지만."

그들이 알아듣는지도 모르면서 나는 말을 건다.

"그렇게 하는 게 아니야. 너랑 너, 저기 있는 놈들 전부 애초에 다리가 달려 있지도 않잖아? 네 녀석들은 인간처럼 안 생겼으니까, 그렇게 걸으려고 해봤자……."

말하면서도 나는 내 말의 모순을 인지한다. 인간을 흉내 내 빚은 조각이라고 해도 엄밀히 말해 그들의 모습은 인간과 다르다. 인간의 표면, 겉으로 드러난 덩어리만을 흉내 낸 것이다. 그들에게는 관절이나 근육, 뼈 따위가 없다. 그들은 모두 통짜의 덩어리다. 뭉뚱그려진 돌에 불과하다.

그러나 눈앞에서 벌어지는 일을 부정할 수는 없다. 석상들은 정말로 걷는 것과 비슷한 움직임을 보인다. 원래 그저 돌덩어리였을 그들의 몸은 관절이나 근육을 가진 것처럼, 아니, 그 정도까지는 아니어도 어설픈 구체관절인형이나 마네킹처럼 움직인다.

"내가 아직도 꿈을 꾸나."

사모나에 처음 도착했을 때, 지구에서 배웠던 생물의 개념을 해체하고 다시 배워야 했던 기억이 떠오른다. 생명이란, 세포로 이루어져 살아 있는 동안 유기체 내의 질서를 유지하는, 성장하고 생식하는 존재들이다. 그러나 이곳에는 내가 알던 생물의 개념에 부합하지 않는, 그럼에도 분명 살아 있다고밖에 할 수 없는 이상한 생물들이 얼마나 많았던가. 그래, 이해를 포기하자. 애초부터 그랬어야 했다. 석상들이 움직이기 시작한 순간부터 말이다.

시간이 갈수록 석상들은 점점 빨리 움직이고, 점차 나를 잘 모방한다. 단순히 걸으려고만 하는 것이 아니라, 울타리를 넘고 돌바닥을 부수지 않고 잔디를 뭉개지 않고 앞으로 나아가려고 한다. 그들이 습득하려는 것은 이동이 아닌 정교한 움직임인 듯하다.

그러나 인간 모양을 한 일부 석상들 외에는, 여전히 어색한 점이 많다. 예컨대 말 석상이 인간처럼 두 발로 걸으려고 하는 모양새는 무언가 불편하고 어색해 보인다.

"너희가 걸으려는 이유는 모르겠지만, 꼭 인간을 흉내 내서 걸을 필요는 없어. 달리고 구르고 기어가는 방법도 있단 말이지."

나는 도저히 걷기에 적합해 보이지 않는 석상들에게 네 발로 걷는 법과 기어가는 법을 시범으로 보여준다. 지켜볼 다른 인간이 없어서 다행이라고 해야 할지. 하판이 수레 모양인 석상에게는 벙커 어딘가에서 바퀴 달린 카트를 끌고 와 구르는 법을 가르친다. 늘 나에게 음식과 물을 주던 기계 팔이 어느 날 데이터 패드 하나를 건넨다. 그 패드는 사모나의 중앙 데이터베이스와 연결되어 수많은 영상을 열어 볼 수 있다. 내가 사모나의 평범한 과학교사였을 때는 접근 불가능했던 데이터들이다. 그것을 온종일 방에 처박혀 살 펴보고 싶지만 목소리는 매일 아침 나를 벙커에서 쫓아내 고 해가 진 다음에야 다시 문을 열어준다. 나는 순순히 시 키는 대로, 패드의 영상을 참고해 석상들에게 이동법을 가 르친다.

석상들은 그럭저럭 훌륭한 학생이다. 적어도 내가 사모 나에서 가르쳐온 학생들보다는 말이다. 그 인간 아이들은 원치 않게 개척지에 끌려왔거나 어쩔 수 없이 이곳에서 태 어난 아이들답게 호기심이라곤 없었다. 모든 것에 흥미를 잃은 눈을 하고 있었다. 나는 그 아이들을 깊이 이해하면서 도 한편으로는 괴로웠다. 그렇지만 이 석상들은 적어도 열 심히 배운다. 도대체 어떻게 가능한 일인지는 모르겠지만, 그들은 매일 발전한다.

"내가 체육교사 일이나 하려고 사모나에 남은 게 아닌데."

누군가를 가르치는 일은 끝났다고 생각했건만, 나는 어

느새 석상들의 교사가 되어 있었다. 투덜대다가도 한숨을 쉬고 자리에서 일어난다. 이상한 기분이 든다. 그들은 이 교육을 위해 나를 깨운 걸까? 혹시 내가 교사인 걸 알고 깨웠을까? 하지만 대체 석상들이 움직여야 하는 이유가 뭘까? 그것도 굳이 인간을 흉내 내 우스꽝스럽게 걸어야 하는 이유가.

골렘 녀석은 배우는 속도가 가장 느리다. 그도 그럴 것이, 정사각형 몸체와 뭉뚝한 팔다리는 장식용으로 놓여 있기에나 어울리지, 움직이기에는 전혀 적합하지 않다. 다리는 몸체에 새겨진 흠 정도로만 구분되어 있어서, 골렘은 여전히 걷기보다는 떠밀려 가는 것에 가까운 움직임을 보인다. 하긴, 녀석이 자신의 다리를 분리하려다가 완전히 바스러지는 모습을 보고 싶지는 않다.

그래도 골렘은 배움에 열의가 있다. 느리지만 조금씩 나아진다. 내가 학교에서 가르치던, 성적은 늘 엉망이었지만 수업 시간에 한 번도 졸지 않고 눈을 반짝이던 착한 아이 도나를 떠오르게 한다. 도나가 다른 행성에 무사히 잘 도착했을지 모르겠다. 그런 생각을 하면 조금 쓸쓸하다. 나는 못생긴 골렘의 머리를 어루만져준다.

✦

　―설명을 좀 해줘. 매일 아침 내쫓지만 말고. 일단 너, 지금 말하고 있는 넌 대체 정체가 뭐야? 네가 저 밖의 석상들을 움직이게 만든 거야?

　―우리는 파티클입니다.

　―파티클이라고? 네가 아니라 너희라고?

　―파티클은 개별 입자이자 군집입니다. 우리는 사모나 어디에나 있습니다. 땅속에도 구름 위에도 있습니다. 당신이 숨 쉬는 공기 속에도 있습니다.

　―영혼 같은 건가? 귀신? 사념체? 가이아 행성에 대한 비유인가? 이제는 사실 뭐가 있다고 해도 믿겠는데.

　―그렇지 않습니다. 우리는 비유가 아닙니다. 우리는 물질입니다. 원자와 분자로 이루어진 실재하는 물질입니다.

당신들이 이 행성을 떠나기 전부터 우리는 이미 이곳에 존재했습니다.

　－좋아, 너희 정체는 알려주기 싫은 모양이니 대충 넘어가자. 내가 가장 궁금한 건 이곳 사람들이 대체 다 어디로 갔냐는 거야. 사모나는 분명 멸망한다고 했어. 그 난리를 똑똑히 기억하는데, 천체 충돌을 피할 수 없다고 했다고. 그래서 사람들이 대부분 떠나고, 일부만 남았어. 그게 내가 기억하는 마지막이야. 그런데 지금 사모나는 멸망은커녕 망가진 데도 없이 멀쩡하고, 나는 갑자기 홀로 깨어났고, 나 외에 다른 사람들은 코빼기도 보이지 않아. 남은 건 나를 따라 하는 멍청한 석상들뿐이고. 그동안 대체 무슨 일이 일어난 거야? 왜 사모나는 사라지지 않았지? 왜 깨어난 건 나뿐이고, 왜 저 둔한 석상들은 나한테 걷는 법을 배우고 있는 거지?

　－오류. 우리는 그것에 대해 당신에게 알릴 수 없습니다. 당신에게는 정보 접근권한이 없습니다.

　－그 정보 접근권한을 어떻게 얻는데?

-오류. 당신은 정보 접근권한을 얻을 수 없습니다.

-에라, 말을 말자.

-다른 도움이 필요합니까?

-……제발 좀 꺼져.

-꺼질 수 없습니다. 도움이 필요합니까?

-아니. 내가 무슨 말을 더 하겠어? 그냥 문이나 열어줘.

✦

나는 여전히 석상들에 대해 아는 바가 전혀 없다는 사실을 순순히 인정하지만, 그들의 정체를 파헤칠 기회를 노리고 있다.

어느 날은 그들의 비밀을 마주할 기회를 얻기도 했다.

충돌이 일어난 날이었다. 쿵, 하고 매우 큰 소리가 들렸다. 석상과 석상이 부딪쳤다. 이번에는 아주 큰 충돌이었다. 작은 쪽 석상이 바닥으로 넘어지면서 거의 두 동강이 났다. 석상들은 내 학생이었지만, 솔직히 말하면 그 순간은 부서진 것에 대한 동정심보다 호기심이 더 컸다. 놀란 척하며 가까이 뛰어간 나는 두 동강 난 석상의 단면을 들여다보았다. 분명 안쪽을 볼 수 있을 거라고 기대하며.

단면을 본 나는 실망을 감출 수가 없었다.

"이건 그냥…… 돌이잖아. 아무것도 없잖아."

어디선가 바퀴 달린 기계들이 재빠르게 몰려와, 기계 팔로 부서진 석상을 싣고 가버렸다. 다음 날 다시 석상공원에 가보니 석상은 말끔히 수리된 채 제자리에 있었다.

나는 석상들이 사실은 내가 기억하는 오래전의 그 석상들이 아닐지도 모른다고, 겉모양은 석상과 비슷하지만 속은 자동인형이나 기계 따위로 교체된 다른 무언가일지도 모른다고 짐작해왔다. 그렇게 믿는 편이 나의 물리법칙에 대한 믿음을 해치지 않으니까. 지금까지 나는 세상의 모든 기이한 일들은 간단한 과학 법칙으로 설명된다고 믿어왔다. 눈속임과 트릭, 그것을 지배하는 물리법칙이 있을 뿐이라고 말이다.

하지만 지금 이 눈앞의 일들은 아니다. 석상은 말 그대로 돌덩어리였다. 부서진 단면을 봐도 마찬가지였다. 도대체 어떻게 움직이는지, 왜 나를 모방하며 움직임이 발전하는지 나는 알 수 없다. 어쩌면 평생 알 수 없을 것이다. 빌어먹을 석상들. 빌어먹을 파티클. 빌어먹을 사모나! 이것들은 나를 이용하면서도 정작 나를 쏙 빼놓은 채 자기들만 이해하는 어떤 일을 벌이고 있다.

석상들은 점점 더 잘 움직인다. 어떤 것들은 인간처럼 걷고, 어떤 것들은 네발짐승처럼 달리고, 어떤 것들은 뱀처럼 납작하게 기고, 어떤 것들은 바퀴처럼 구른다. 그것들은 각자 자신의 형태에 맞는 동작을 습득하며 더욱 매끄럽게 움직인다. 어떤 날은 마치 단체 훈련을 하듯이 열을 맞추어 공원을 빙글빙글 돈다. 또 어떤 날은 분수대 안에 들어갔다가 다시 나오기를 반복한다.

시간이 흐를수록 더는 그들에게 내가 필요하지 않다는 생각이 든다. 그들은 이미 완벽하게 움직이는 석상이다. 그들에게는 이제 가르침이 필요하지 않다.

어느 날 이상한 일이 일어났다.

해가 질 무렵 석상들이 평소처럼 서서히 느려지다가 움직임을 완전히 멈추었는데, 그중 하나만 저녁이 되어서도 멈추지 않았다. 자그마한 소년 모양의 석상으로, 나는 몇 주 전 그 소년 석상에게 '마사'라는 이름을 붙여줬었다.

다른 모든 석상이 멈춰 섰다. 그러나 마사는 계속해서 공원 외곽을 배회하고 있었다.

"마사, 무슨 일이라도 있나?"

내가 물었지만 마사는 당연하게도 대답이 없었다. 마사는 인간 소년처럼 걸으며 외곽을 돌고, 또 돌다가 갑자기 어느 순간 공원 경계의 낮은 울타리를 훌쩍 넘었다.

"마사, 마사!"

마사는 계속해서 멀어져갔다. 앞으로만 걸어갔다. 석상 공원 너머의 울창한 숲을 향해서. 나는 그 뒷모습을 보며 "너, 대체 어디 가는 거야!" 하고 외쳤지만, 마사는 뒤돌아보지 않았다.

다음 날 나는 석상공원에 가자마자 마사가 있던 자리를 확인했다. 그곳은 텅 비어 있었다. 마사는 어디에도 보이지 않았다.

마사는 완전히 떠나버렸다.

✦

석상들이 매일 하나씩 떠난다.

석상들은 매일 하나씩, 다른 방향으로 걸어간다.

석상들은 떠나기 직전 작별 인사를 하듯이 내 주위를 배회하다가 출발한다. 그들을 붙잡고 싶다. 하지만 나는 그게 작별 인사가 맞는지 알 수 없다. 그들에게 마음이 있긴 한 건지조차 알 수 없다. 그들은 약속이라도 한 것처럼 다른 방향으로 떠난다. 그들이 어디로 가는지 알고 싶다. 한번은 말 형태의 석상을 따라가보려고 했지만 어디선가 재빠르게 나타난 기계들이 나를 빙 둘러싸는 바람에 더는 가지 못했다. 망할 기계들, 망할 파티클.

"이렇게 나만 남겨두고 가는 거야? 전부 다?"

두려움이 밀려든다. 몇 달간 이곳에 왔지만 석상들에게 마음을 주지 않았다고 생각했다. 나는 인간이고 그들은 돌덩어리에 불과하다. 말도 할 줄 모르고 나에게 미소를 돌려주지도 않는, 투박하고 덩치 큰 돌덩어리일 뿐이다. 그리고 나는 강제로 깨어난, 그들의 임시 교사였을 뿐이다. 그런데 왜 갑자기 일상이 뒤틀리고 있는 걸까? 그들이 모두 떠나면 나는 어떻게 되지? 용도를 폐기당하고 다시 잠드는 것일까? 사모나에 무슨 일이 일어났는지 어떤 단서조차 얻지 못한 채 다시 영원한 잠에 빠져드는 것일까? 아니면, 그도 아니라면…… 어떤 일도 일어나지 않고, 나는 그저 이 석상 공원에 홀로 쓸쓸히 남게 되는 것일까? 아무도, 어떤 석상도 남지 않은 텅 빈 공원에?

그들이 어디로 가는지 말이라도 해줬으면 좋겠다.

말도 안 되는 바람이라는 건 안다. 그들은 말을 할 수 없으니까.

주저앉은 나는 반쯤 비어버린 공원을 바라본다. 디데이가 다가올 무렵 내 손으로 안락사를 시켜주었던 개들이 떠오른다. 나는 개들을 내버려두면 전부 불타는 고통으로 끔찍하게 죽어갈 줄 알았다. 그래서 그들에게 주사를 놓았다. 겁에 질린 눈을 마주 보며 끌어안아주었다. 그게 옳은 일이라고 생각했다.

그러지 말았어야 했다.

개들이 그저 알아서 떠나도록 두었어야 했는데.

✦

석상들은 계속해서 매일 떠나간다.

내 옆에 마지막까지 남아 있는 것은 골렘이라고 이름 붙여준 못생기고 투박한 인조인간 녀석이다. 골렘은 움직임을 가장 늦게 배웠고 끝까지 서툴렀다. 하지만 이제는 공원을 떠나기에 충분할 것이다. 골렘을 제외한 다른 모든 석상들이 떠나간 저녁에, 나는 골렘 앞에 쪼그려 앉는다.

"여기 살던 사람들이 사모나를 떠날 때 말야. 나는 그때도 끝까지 남는 존재였지. 다들 울머불며 나를 설득했어. 잘 생각해보라고, 다른 행성에 가면 기회가 있다고. 그런데 지금 생각해봐도 이상한 건, 떠나는 사람들이 어쩐지 나 같은 멍청한 놈들 덕분에 안도하는 것처럼 보이기도 했다는 거야. 아마도, 확실히 그랬겠지. 모두가 떠나버리면 사모나는 정말로 버려진 행성이 될 테니까, 다행이라고 여겼겠지. 그게 눈에 보이는데도 밉진 않았어. 왜냐하면 나도…… 무언가 의미가 있기를 바랐거든. 사모나와 함께 침몰한다는 선택에 말야."

골렘은 툭 튀어나온 눈을 나에게 향한 채 가만히 이야기를 듣고 있다. 아니, 골렘이 이야기를 듣고 있는지 나는 전혀 알 수가 없다. 그저 골렘의 얼굴을 마주하고 앉아 있을 뿐.

나는 이야기를 계속한다.

"너희는 나를 이용하려고 깨웠지. 덕분에 사모나가 사라지지 않았다는 걸 알았어. 그래, 어쩌면 그것만으로 충분하겠지. 그것만으로 됐어. 난 틀리지 않았어."

골렘은 가만히 그 자리에 서 있다.

"너도 가. 얼른."

나는 골렘을 떠민다.

"네게도 가야 할 곳이 있잖아."

해가 지고 있다. 완전히 어둠이 내려앉기 전에 나는 골렘의 등을 몇 번이나 떠민다. 무거운 골렘 녀석은 꿈쩍도 하지 않지만, 내 의사는 분명 전달되었을 것이다. 골렘은 떠나지 않는다. 골렘은 그 자리에 그대로 못 박힌 듯 서 있다. 사모나의 위성들이 밤하늘을 비출 때까지, 움직이지 않는다. 나는 한숨을 쉬며 돌아선다.

✦

골렘은 떠나지 않는다. 다음 날도. 그다음 날도. 나는 골렘 옆을 한참 동안 서성인다. 왜 이 녀석은 떠나지 않는 걸까. 움직임을 충분히 배우지 못했나? 골렘이 떠나기 전까지 나는 폐기당하지 않는 건가? 그렇다고 해도 별 의미가 있을까.

"이봐, 너도 좀 가라고."

퉁명스레 핀잔을 주지만 사실 나도 골렘이 정말로 떠나기를 원하는 건 아니다. 나는 매일 아침 석상공원으로 가서 골렘 옆에 한동안 앉아 있다가 해가 지면 다시 돌아온다.

그렇게 열흘 넘는 시간이 그저 흘러간 후에, 마침내 골렘이 자리에서 움직이기 시작한다.

"드디어 갈 마음이 생겼구나."

나는 쓸쓸하면서도 흡족하다. 와야 할 시간이 온 것이다. 사모나에서 가르치던 아이들과는 작별 인사를 할 시간을 충분히 갖지 못했다. 아이들은 자신의 양육자들 손에 강제로 동면 상태에 진입했고 뒤늦게 찾아간 나는 그 아이들이 잠든 챔버만을 하릴없이 바라보았다. 지금은 작별할 기회가 있다.

나는 골렘의 어깨를 토닥이고, 끌어안고, 주위에서 그나마 형태가 온전한 긴 풀꽃 하나를 동그랗게 만들어 머리 위에 어설픈 화환을 얹어준다.

“조심해. 저 밖에 뭐가 있는지 난 모르니까.”

그러자 골렘은 걷기 시작한다. 다른 녀석들이 떠나기 직전에 하던 것처럼, 공원 외곽을 몇 바퀴 배회하더니 울타리를 넘는다.

그러다 갑자기 멈추어 서서는, 앞으로 나아가지 않는다.

“뭐, 왜? 여기 뭘 놓고 갔어?”

말도 안 된다는 걸 알면서도 나는 묻는다. 골렘은 그 자리에 멍청하게 서 있다. 답답해하며 골렘에게 다가가자 골렘은 그제야 천천히 다시 앞으로 걸어가기 시작한다. 하지만 얼마 가지 않아 다시 멈추어 선다. 얼굴이 내 쪽으로 향하는 모습이, 마치 나를 바라보는 것 같다.

“……같이 가자고?”

나는 황당해하면서도 울타리를 넘어 골렘에게로 걸어간다. 골렘은 고개를 끄덕이지도 않고 맞다고 대답하지도 않지만 긍정하듯 다시 앞으로 나아가기 시작한다.

같이 갈 수 있으면 좋겠지만. 나도 저 너머에 도대체 무엇이 있는지 알고 싶지만. 석상들이 대체 어디로 갔는지 보고 싶지만.

나는 목소리가 그것을 원하지 않는다는 걸 안다. 목소리는 내가 이 석상공원을 벗어나도록 허용하지 않는다.

아니나 다를까 얼마 가지 않아 어디선가 나타난 기계들이 길을 가로막고, 나를 둥글게 감싼다. 나는 골렘에게 보란 듯이 기계들을 가리킨다.

"이것 봐. 난 이제 못 간다니까."

여기서 진짜 작별 인사를 해야 할 것이다. 나는 벙커로 돌아가고, 아마도 내일은 눈을 뜨지 못할 것이다. 교사로서의 내 필요는 오늘로 끝났으므로.

하지만 이번에는 무언가 다르다.

골렘이 나에게 바짝 붙는다. "어, 잠깐, 잠깐만!" 외칠 새도 없이 골렘은 기계들을 말 그대로 짓뭉개버린다. 남은 기계들이 움찔대며 물러나지만 골렘은 그것들이 도망칠 틈조차 주지 않는다. 기계들이 무기를 꺼내 들었으나 골렘이 무기를 막아선다. 그리고 뭉툭한 다리를 들어 올려, 마지막 기계까지 모조리 밟아버린다.

"……이래도 되나?"

나는 처참한 기계들의 잔해에 혀를 차며 골렘을 본다. 이러면 안 될 것 같은데. 어차피 목소리가 말했다시피 그들은 사모나 어디에나 퍼져 있고……. 아니, 그런데 그 파티클이라는 게 골렘을 비롯한 석상들을 움직인 존재가 아니었던가. 그들은 개별 입자이면서 동시에 군집이라고 하지 않았나. 도대체 어떻게 된 일일까?

골렘이 다시 앞으로 나아가기 시작하고 나는 상황 판단을 빠르게 유보한다. 지금은 아니다. 적어도 지금은 생각에 잠길 시간이 아니다. 나는 뛰어서 골렘을 겨우 따라잡는다. 또 다른 기계들이 나타나 쫓아올까 봐 몇 번이나 뒤를 돌아보지만, 골렘은 한 번도 뒤돌아보지 않는다. 그리고 우리를 쫓아오는 또 다른 기계들은 이제 없다.

✦

골렘과 나는 걷고 또 걷는다. 사모나의 야생 열매들을 뜯어 먹고, 곳곳에 박제처럼 남은 동물들의 사체를 목격하면서, 오래 눈길을 줄 틈도 없이 계속해서 걷는다.

예전에 트램이 다녔던 낡은 철로를 따라서 걸어간다.

그렇게 한참을 걸어 우리는 인간 없는 도시에 도착한다.

✦

골렘은 침묵하며 앞을 보고 있다. 나는 경악하며 도시를 둘러본다.

"그래. 이곳을 알아. 하지만……."

처음 도시를 마주했을 때 나는 이곳이 어디인지 곧바로 알아보지 못했다. 이 도시는 분명히 내 기억 속에 있는 장소이지만, 그 기억과는 다른 장소였다.

한때 이곳은 사모나의 제2중심지였다. 행정구역과 연구소, 거주지가 있는, 수만 명의 사모나 거주민이 살던 번화한 도시였다. 그러나 이제 여기에 사람의 흔적 따위는 없다.

대신 이제는 도시 전체가 움직이고 있다.

건물이, 연구소가, 녹슨 트램이, 지붕이 움직인다.

바닥의 돌멩이가 굴러간다. 자아를 지닌 것처럼.

가로등이 걷고 있다. 살아 있는 것처럼.

도로가 움직인다. 원래 그런 존재인 것처럼.

골렘이 뒤돌아 나를 본다. 그 어깨 뒤로 나는 익숙한 석상들을 목격한다. 석상공원에서 가르쳤던 석상들이다. 나는 도시 전체의 움직임에서 익숙한 무언가를 본다. 내 착각일까? 석상들의 움직임, 석상들의 떨림, 그리고 도시의 움직임……. 내가 가르친 존재들의 움직임이 도시 전체에 깃들어 있다. 죽은 것을 살아 움직이게 하는 기이한 생명력이 도시를 장악하고 있다.

지금도 알 수 없다. 앞으로도 알 수 없으리라. 내가 가르친 존재들이 무엇이었는지. 내가 그들에게 가르친 것이 어떤 의미였는지. 그들이 앞으로 어떻게 변해갈 것인지. 어떻게 석상공원에서 가르친 움직임이 이 거대한 도시로 연결되었는지.

그러나 한 가지, 나는 부정할 수 없는 결론에 다다른다. 사모나는 이전과는 다른 행성이 되어버렸다. 이제 여기에 인간의 자리는 없다.

Part 2. 기록자를 위한 안내서

다음에 올 기록자에게.

제가 겪은 시행착오를 똑같이 겪을 당신을 위해 이 기록을 남깁니다. 전부 확인했다면, 부디 기록을 안전한 곳에 보관해주십시오. 하지만 상황이 여의치 않다면, 즉 파티클의 추적을 당할 위험에 처한다면 이 기록을 파기해도 좋습니다.

파티클에 대한 자료를 수집하고 기록하는 일은 절대 쉽지 않을 겁니다. 첫 번째로 그들이 그것을 원하지 않기 때문이고, 두 번째로 그들이 어디에나 퍼져 있기 때문이지요. 그러나 불가능한 것은 아닙니다. 그들이 녹아들기를 기피하는 일부 광물, 해석을 의도적으로 방해하는 기록 방식을 이용한다면 당신도 나와 같이 반영구적 기록을 남기고 보관할 수 있습니다. 운이 좋다면, 그 기록이 다음 기록자에게 전달될 수도 있을 것입니다.

좌표계를 켜십시오. ― ― ― ― ―를 입력하십시오. 그곳에서 ― ― ―에 관한 기록들을 볼 수 있을 겁니다. **선대 기록자들의 기록을 가능한 한 꼼꼼히 읽으십시오. 그래야만 그들이 배운 것을 활용할 수 있고, 같은 실수를 반복하지 않을 수 있습니다.**

당신이 빠른 시일 내에 그 장소에 안전히 도달하기를 바랍니다.

여기에는 간단히만 설명하겠습니다.

먼저, 파티클은 선도 악도 아닙니다. 단지 그들은 증식하고 또한 통제하려는 본능을 지닙니다. 그 본성을 그들 탓으로 돌릴 수는 없습니다. 파티클을 설계한 것이 바로 우리 기록자들의 선조, 사모나의 인류이기 때문입니다. 사모나의 연구자들은 고향 행성에서 싣고 온 자가조립 입자, 다시 말해 네트워크를 통해 인공지능을 형성하는 자가증식 분자로봇들을 개선하여 파티클의 프로토타입을 만들었습니다. 그러나 적절한 증식억제 메커니즘을 개발하는 데에는 실패했고, 프로토타입 파티클은 곧장 억제 기작을 회피하여 증식하기 시작해 초지성을 획득했으며 지금의 파티클과 유사한 형태로 진화했습니다. 현재 파티클은 증식을 거듭한 결과 사모나 지표면 위에 존재하는 거의 모든 물질의 분자구조에 침투하여 물질들을 통제하고 있습니다. 그것은 선과 악의 문제가 아닙니다. 파티클에게 내재된 증식의 본성은 인류의 유산이자 지구 생물종의 유산이며, 부인할 수 없는 생명의 근본적 존재 원리임을 받아들이십시오.

다음으로, 선대 기록자들조차 버리지 못했던 멸망에 대한 두려움을 버리십시오. 사모나가 천체에 충돌하거나 피할 수 없는 화산 분화, 거대한 지진을 맞이하게 될 것이라는 공포는 사실무근입니다.

그 공포는 실제로는 관측되지 않은 데이터에 기반한 것이자, 파티클에 의해 유도된 공포이기 때문입니다. 파티클은 행성 사모나를 차지하고 싶어 했습니다. 그리고 자신의 증식을 억제하는 가장 위협적인 천적, 즉 인간을 사모나에서 제거하고 싶어 했습니다. 파티클은 인간의 연구 네트워크로 침투해 멸망 대응 프로토콜을 작동시켰습니다. 인간 연구자들은 파티클이 은밀하게 심은 의도적인 거짓 데이터에 속아 넘어갔고, 프로토콜의 작동을 의심하지 않았습니다. 그들은 그런 방식으로 인간을 손쉽게 사모나에서 제거하는 데에 성공한 것입니다. 그러나 파티클이 그러한 목적을 가졌음에도 인간을 더 고통스럽게 죽이거나 파괴하는 대신 멸망에 대한 공포를 심어 자발적으로 사모나를 떠나게 만든 것은, 파티클이 우리 생각보다 평화를 지향하는 존재들임을 말해주는 것인지노 노릅니다.

아니면, 단지 그쪽이 효율적이라고 생각했을지도 모르겠습니다.

기록에 한계가 있으므로, 이제 가장 중요한 조언으로 넘어가겠습니다. 당신의 목적이 무엇이든, 그러니까 사모나의 인류를 재생하는 것이든 혹은 이 행성을 탈출하는 것이든 부디 비균질적-단독자적 파티클의 존재를 추적하십시오.

이 설명을 이해하기 위해서는 석상공원에 대한 기록을 읽어야 합니다. 석상공원의 기록자 베타, 그는 두 번째 기록자였으나 자신이 두 번째 기록자라는 것조차 알지 못했습니다. 그는 자신이 사모나의 마지막 인간이라고 생각했으며 파티클에 대한 정보도 거의 얻지 못했습니다. 그러나 그는 목격한 것을 상세히 기록했고, 덕분에 스스로는 중요성을 인지하지 못했을지언정 결과적으로 의미 있는 기록을 많이 남겼습니다.

베타는 디데이로부터 약 30여 년 이후, 즉 파티클이 사모나 행성 전체로 완전히 퍼진 시섬에 깨어난 깃으로 보입니다. 선대 기록자들은 석상공원 기록에서 '비생명이 생명을 부여받았다'라는 묘사가 가장 중요한 부분이라고 여깁니다. 사모나 점령 초기에, 파티클은 광물이나 암석 같은 비생명 요소들을 완벽하게 통제하는 방법을 터득하지 못한 상황이었습니다. 생명 자체에 내재된 움직임의 본성과 달리 비생명 요소에는 그러한 본성이 존재하지 않았기 때문일 겁니다. 석상공원에서 일어난 일은 바로 비생명을 통제하기 위한 파티클의 실험이었고, 베타는 그 실험의 효율성을 높이기 위해 동면 벙커에서 선택된 인간이었던 것으로 추정됩니다.

선대 기록자들은 석상공원 사건을 파티클이 비생명 요소에 대한 통제력을 확보한 사건으로 봅니다. 석상공원 사건 이후 파티클은 얼마 지나지 않아 비생명 요소보다 생명 요소를 통제하는 편이 훨씬 쉽다는 것을 깨닫습니다. 이 발견에 대해서는 다섯 번째 기록자인 엡실론의 기록을 참조하십시오. 따라서 현재 사모나의 파티클은 비생명 요소보다 생명 요소에 좀 더 집중적으로 분포해 있습니다. 즉, 비생명 요소에 맞서는 것보다 생명 요소에 맞서는 것이 더 위험하다는 뜻입니다.

한편 선대 기록자들은 베타의 기록에서 상대적으로 덜 중요해 보이는 부분, 예컨대 베타가 석상들에게 개별적인 이름을 붙여주었다는 점, 그리고 '골렘'이라고 이름 붙인 석상의 단독 행동에 대해서는 그다지 주목하지 않습니다. 선대 기록자들은 골렘이 파티클의 일반 의지에 맞서 행동한 것—다시 말해 베타를 석상공원 이외의 장소로 데려가려고 했던 것—을 단순한 오류로 파악합니다. 파티클이 비생명 요소에 대한 완전한 통제력을 획득하기 이전에 발생한 오류로 보는 것입니다.

그러나 제 생각은 다릅니다. 저는 석상공원 기록이 우리에게 전해주는 가장 중요한 단서가 바로 골렘의 존재에 있다고 봅니다.

골렘은 파티클이 전적으로 균질하지 않음을, 때로는 전체와 다른 개별적 의지를 갖추고 단독자로서 행위할 수 있음을 보여주는 존재입니다. 만약 우리가 파티클과 일시적인 협력 관계를 이룰 수 있다면, 그것은 반드시 골렘과 같은 단독자 존재와의 관계를 통해서만 가능할 것입니다. 베타의 기록에 따르면, 석상공원을 떠난 직후의 결정 이전에도 베타와 골렘은 그들만의 유대 관계를 맺어온 것으로 보입니다. 그 관계가 골렘의 독립성을 유도한 것인지 혹은 반대로 독립적인 골렘의 존재가 그러한 관계를 이끌어낸 것인지, 남은 기록만으로는 판단이 어렵습니다. 또한 골렘이

그 이후에도 일반적인 파티클의 의사에 반하여 행동했는지
는 알 수 없습니다. 베타의 기록은 도시로 진입한 이후 더
는 이어지지 않기 때문입니다.

그럼에도 저는 우리에게 가능성이 있다면, 사모나에서
파티클의 장난감으로 전락한 인간들을 탈출시키거나 혹은
이 끔찍한 증식을 끝낼 확률이 존재한다면, 그것은 비균질
적-단독자적 파티클의 존재에 있다고 생각합니다. **사모나
곳곳을 탐색하십시오. 대부분의 파티클과 다르게 행동하는
국지적 집단을 이룬 파티클을 찾아내십시오.** 그것만이 거대
한 균질 생명체가 되어버린 이곳 사모나에서 우리가 기대
할 수 있는 마지막 가능성인지도 모릅니다.

이 기록은 여기서 줄이겠습니다.

우리가 살아서 만날 수 있다면 기쁘겠지만, 그럴 확률은
몹시 희박하겠지요. 그렇다고 해도 이 기록을 통해 당신을
만날 수 있어 영광이었습니다.

그럼 부디 재회를 고대하며.

Part 3. 유리병 구조 일지

"그러니까, 제가 그 조그만 우주선을 구조한 건 웜홀 근처에서였습니다. CZ3201 구역의 웜홀이었죠. 아마도 갓 생겨난, 신생 웜홀이었던 걸로 기억합니다. 당연히 무척 불안정했습니다. 그런 불안정한 웜홀을 누군가가 통과해 올 것이라고는 상상도 못 했습니다. 처음에는 무슨 신종 자살 수법인 줄 알았어요. 아니면 조종사에게 기면증이 있거나, 심정지 상태에서 저도 모르게 웜홀로 진입해버렸다거나. 아무튼 통제력을 잃고 떠내려가는 우주선을 건졌더니, 글쎄. 그 안에서 제가 뭘 봤는지 아십니까?"

"뭘 보셨는데요?"

"꼬마 둘이었어요. 둘이 아주 쏙 빼닮은 쌍둥이 남매였죠. 나이는 많아야 십대 초반처럼 보였고요. 물론 그 남매가 쌍둥이라는 건 나중에 꼬마들에게 직접 듣고서야 안 사실입니다만. 억지로 문을 뜯고 들어가보니 완전히 기절한 꼬마 둘이 있었습니다. 당연하게도, 웜홀 드라이브라고는 생전 처음 경험해보는 일이었을 테니까요. 다행히 숨은 붙어 있었습니다. 그나저나 이 우주 한복판에, 작기는 하지만 그래도 엄연한 우주선에 꼬마 둘만 타고 있다는 게 너무 이상해서 내부를 살펴보았는데, 정말 그 두 녀석만 있지 뭐예요. 어른이라고는 흔적도 보이지 않았습니다. 옷가지도 침구도 딱 남매 두 명분이었어요."

"어른 없이 아이들끼리 웜홀을 통과했다고요?"

"그러니까요. 아무리 자동 운항 장치가 있다고 해도 말이죠. 심상치 않아 아이들이 깨어나자마자 추궁을 시작했어요. 기절했다 깨어난 아이들에게 좀 가혹한 일이긴 하지만, 사실 엄청난 범죄나 사건 사고에 엮인 걸 수도 있잖아요. 그런데 쿠키와 초콜릿을 허겁지겁 먹어 치우고 겨우 정신을 차린 녀석들은, 오히려 첫 모험에 잔뜩 들뜬 것 같더라고요. 태어나 처음으로 놀이공원에 가보는 것 같았달까. 제가 너희들 대체 어디서 온 거냐 물었더니 아이들이 '사모나'라고 답하더군요."

"사모나라면, 혹시 그 디미트 항성계의……."

"네, 말이 안 되죠. 저도 황당했어요. 사모나, 거긴 수백 년 전에 천체 충돌로 멸망한 행성 아니냐 말했더니 꼬마들이 '뭐라고요?'라면서 바보 같은 표정을 짓더라고요. 얼마 전 사모나 행성에서 도피 이주했다는 난민의 후손들을 만난 적도 있었는데, 이게 다 무슨 일일까요? 혹시 다른 엉뚱한 행성에 사모나라는 이름이 붙기라도 한 건지. 어쨌든 그 아이들은 사모나가 멸망했다는 사실을 부정했어요. 그럴 리가 없다고, 아저씨가 잘못 알고 있다고, 자신들이 떠나기 직전까지도 사모나는 멀쩡했다면서 말이죠."

"그 아이들은 어쩌다 사모나를 떠나는 우주선을 딘 겁니까?"

"제 다음 질문도 바로 그거였습니다. 그런데 약속이라도 한 듯 두 꼬마가 입을 꾹 다물더라고요. 난감했죠. 우리가 인도적 구조 활동을 하는 구조선이기는 하지만, 목적도 알려주지 않고 배회하는 우주선을 대뜸 구조할 수는 없는 법이잖아요. 테러단체나 해적선의 유인책일 가능성도 있으니까. 그렇다고 다시 웜홀 주위를 배회하도록 내버려두기에는 또 남매에게 생존 능력이 없어 보였고요. 저는 일단 우리 구조선의 객실을 하나 주고 쉬게 했습니다. 혹시나 해서 드론 감시를 붙여놨는데 딱히 수상한 행동은 하지 않았습니다. 그렇지만 쓸데없이 구조선을 헤집고 다니면서 이건 뭐냐, 저건 뭐냐 물어보는 통에 승무원들이 무척 귀찮아했죠. 정체를 모르는 채로 무작정 내버려둘 수도 없었습니다. 결국 일주일째에 마음을 다잡고 다시 꼬마들을 객실에서 만났어요. 도대체 사모나에서 무슨 일이 있었는지, 왜 너희 둘만 우주를 떠돌게 된 건지 털어놓지 않으면 너희를 여기서 내쫓을 수밖에 없다, 그렇게 을렀죠. 그랬더니 여자아이가 제 말에는 대답도 없이 대뜸 이렇게 묻더라고요. '저, 아저씨처럼 되려면 어떻게 해야 해요?'"

"보란 씨처럼 되는 법을 물었다고요?"

"네. 정확히는 제가 된다기보다, 우주를 돌아다니고 싶어하는 것 같았어요. 며칠 만에 구조선에 완전히 반한 것 같았죠. 사정을 물어보고 혹시 부모를 잃은 고아라면 그나마 가까운 안전한 행성에 데려다줄 생각이었는데, 그런 질문을 들으니 황당했죠."

"그래서 뭐라고 말해줬습니까? 우주 구호 단체에 취업하라고요?"

"그렇게 낭만 없는 대답을 했을 리가요. 저는 꼬마들에게 방법을 상세히 알려주겠다고 했습니다. 대신, 그 전에 사모나에서 대체 무슨 일이 있었는지를 먼저 말해줘야 한다고 했죠."

"저런, 요령이 있네요."

"네. 효과가 있었습니다. 두 꼬마는 한참을 고민하더니, 결국 알겠다더군요. 아는 대로 털어놓겠다고요. 그러면서 저에게 한 가지 조건을 걸었습니다. 유리병을 열지 않겠다고 약속해달라는 조건이었어요."

"유리병이라고요?"

"네. 그 유리병이라는 게 이야기의 핵심이기도 합니다. 꼬마들은 먼저 우주선 안으로 저를 데리고 가더니, 조종실 금고에서 유리병 하나를 꺼냈습니다. 꼬마들의 손바닥 안에도 다 들어올 만큼 크기가 작았고, 파란 모래가 절반쯤

차 있었어요. 모래는 반짝였습니다. 언뜻 봐서는 장식품 같았죠. 여느 가정집의 장식장 위에 올려두어도 별 이질감이 없을 법한, 해변 도시의 관광 기념품 같은 모양새였습니다. 꼬마들은 그 유리병을 저에게 보여주더니, 이렇게 말했어요. '이건 우리의 친구예요.' 저는 웃고 말았죠. 우주선도 둘이서 타고, 어른 없이 용감하게 돌아다니더니 사실 아직은 어린아이가 맞구나. 순수하구나. 하지만 제가 웃을 때도 두 아이의 표정은 몹시 진지했습니다. 저는 무언가 심상치 않다는 것을 알아차렸죠. '친구라니? 그게 무슨 말이니?' 여자아이가 유리병을 다시 손에 쥐며 이렇게 말하더군요. '우린 이걸 비비라고 불러요. 비비는 살아 있어요. 생각도 하고, 움직이기도 해요. 우리보다 똑똑하죠. 어쩌면 아저씨보다도 더요.' 그러면서 여자아이가 다시 유리병을 제게 보여주었을 때, 유리병 안의 파란 모래에서 갑자기 소용돌이가 일었습니다. 그리고…… 소용돌이가 글자 모양을 이루더니…… 공용어로 이렇게 쓰더군요. '반가워요. 처음 뵙겠습니다.'"

“에이, 무슨 말도 안 되는 이야기를.”

“그렇죠? 정말 그렇다니까요. 저도 정말 황당한 일이라고 생각했습니다. 그 뭐냐, 트릭과 연출을 이용한 마술을 해놓고는 자기가 마법사라고 우겨대는 행성 사람들이 있잖아요. 그런 거라고 생각했죠. 하지만 그렇다고 하기엔 꼬마 둘의 표정이 너무 진지하더군요. ‘어떻게 된 일이지? 이 파란 모래가 어떻게 살아 있다는 거야? 정말 살아 있다면, 생물체를 구조선이나 다른 행성으로 들이는 것은 쉬운 일이 아니란다. 우리가 일부를 분석해봐도 되겠니?’ 그랬더니 남자아이가 기겁하며 고개를 저었어요. 절대 안 된다고, 설내 유리병을 열어서는 안 된다고 손사래를 쳤죠.”

“대체 그게, 그 파란 모래가 뭐길래요.”

“그게 지금 박사님을 찾아온 이유입니다. 그때부터 꼬마 둘이 들려준 이야기는 무척 놀라웠습니다. 자신들이 살던 행성 사모나는, 사실 인간의 행성이 아니라 이 파란 모래와 같은 파티클이라는 존재들의 행성이라고 하더군요. 아이들은 파티클이 무슨 전지전능한, 신적인 존재라도 되는 것처럼 묘사했지만, 제가 추측하기로 그것은 고도로 발달한 초지능체이자 입자 규모에서 스스로를 복제하는 나노 기계입니다. 그 파티클이 지금 사모나를 지배하고 있는 겁니다. 살아 있는 것들과 살아 있지 않은 것들 모두를요.”

“그럼 그 꼬마들은요? 사모나가 파티클의 행성이라면, 인간인 그 꼬마들은 왜 거기 살고 있었죠?”

“그 이야기를 특히 주저하더군요. 녀석들이 대충 얼버무린 이야기를 조합해보면, 사모나에는 한때 그곳에 살았던 거주민들의 동면 챔버가 지하에 묻혀 있는데, 파티클의 필요에 따라 일부 인간들이 보호구역에서 되살려진다고 합니다. 드물게는 배양기에서 새롭게 태어나는 아이들도 있는데 남매는 자신들이 그런 경우라고 했어요. 파티클이 인간을 필요로 하는 경우가 간혹 있다고…… 이걸 무어라고 해야 할지. 남매는 파티클을 최선을 다해 옹호하는 것처럼 보였습니다만, 제가 보기에 그곳의 인간들은 마치 파티클의 장난감처럼 이용되는 것 같았습니다.”

“장난감이라고요? 설마 파티클에게 끔찍한 일을 당한다

든지……."

"아니요. 그런 것 같지는 않습니다. 그들은 인간에게 적당히 자유롭게 행동하기만을 요구합니다. 말하자면 인간은 파티클의 행성 전체를 이용한 유희에 변칙성을 제공하는 존재들인 거죠. 보드게임의 주사위 같은 존재라고 할까요. 사모나 전체를 통제하는 파티클은 모든 자연현상을 자신들의 손아귀에 두고 있으면서도, 가끔은 그것을 벗어나는 순간들을 원하는 듯합니다. 그래서 인간들을 일부 되살려, 파티클이 예측할 수 없는 인간들의 행동을 사모나에 나비효과처럼 더하죠."

"잘 이해가 안 되네요. 그 파티클이라는 존재가 대체 뭔지. 정말 인간을 학대하지는 않는 건가요?"

"파티클은 인간들을 대체로 잘 대우해준다고 합니다. 정보를 통제하고, 갈 수 있는 곳을 제한하지만, 편안한 잠자리를 제공하고, 과거 사모나에 살았던 인류의 엔터테인먼트 자료들을 볼 수 있게 해주고, 또 먹을 것도 그럭저럭 잘 준다고 하는군요. 하지만 행성의 전체 균형을 깨는 행위만큼은 허용되지 않는 모양입니다."

"예를 들면?"

"허락 없이 증식하는 행위가 있겠죠. 아니, 이 경우는 번식이라고 해야겠네요."

"으음."

"그 밖에도 행성에 너무 큰 변화를 일으키는 행위나, 접근이 금지된 지역에 다가가서는 안 된다더군요. 사모나의 인간들은 파티클의 그러한 지배에 크게 저항하지 않는 모양입니다."

"그럴 수 있겠네요. 대우가 나쁘지 않다면."

"또 한 가지, 행성을 벗어나 다른 곳으로 가는 것도 파티클이 금지한 행위입니다. 이 경우는 얼마 전까지 아예 불가능한 행위에 가까웠죠. 사모나가 있는 행성계에서 다른 곳으로 가는 웜홀 자체가 폐쇄된 상태였으니까요."

"하지만 방금 신생 웜홀이 얼마 전에 생겨났다고……. 아, 그러면 꼬마들은 바로 그 사실을 알아낸 거군요."

"맞습니다. 그 꼬마들은 신생 웜홀이 생겨났다는 걸 알아냈죠. 신생 웜홀이 그토록 불안정하다는 사실은 몰랐던 모양이지만."

"그렇지만 말이 안 되는데요. 사모나를 떠나는 것이 금지된 행위라면, 꼬마들은 어떻게 그 금지된 행위에 성공한 거죠? 웜홀이 생긴 건 어떻게 안 거고요?"

"여기서부터 또 이야기가 이상해집니다. 아까 제가 파란 모래가 담긴 작은 유리병 이야기를 했잖습니까? 두 꼬마가 그 모래를 자신들의 친구라고 불렀다고요."

"그랬죠."

"사실 유리병에 담긴 모래의 형태는, 파티클의 자연스러운 존재 양식이 아니라고 하더군요. 파티클은 원래 그렇게 존재하지 않아요. 그것은…… 뭉쳐 있지 않습니다. 어디에나 퍼져 있죠. 기존의 물체들, 생물과 무생물을 가리지 않고 원래 행성을 이루던 물체들에 스며들어 존재한다고 하는군요. 그리고 스며든 그 상태에서, 전체와 소통합니다. 따라서 파티클에게는 특정한 개체라는 개념이 존재하지 않습니다. 너와 나, 저것, 그것이라는 개념이 없어요. 그들은 언제나 전체입니다. 아주 일시적으로 전체에서 분리되어 있을 수는 있겠지만, 기본적으로는 전체인 겁니다. '그럼 도대체 저 유리병 안에 든 건 뭐니?' 제가 아이들에게 물었더니, 아이들은 우물쭈물하다가 이렇게 말하더군요. '비비는 파티클이지만, 분리된 파티클이에요. 비비는 성격이 나빠요. 전체가 되기를 거부한 일부죠. 우리가 발견하기 전까지, 광석 하나에 뭉쳐서 숨어 있었어요. 파티클이 그다지 스며들기를 선호하지 않는 광석이 있거든요. 그래서 그 광석을 기록에 이용하는데…… 아무튼 그래요.' 그러니까 남매는 파티클이면서, 동시에 파티클과는 다른 어떤 존재를 발견해낸 겁니다. 그리고 그것과 친구가 된 거죠. 비비는 아이들이 사모나를 떠나 우주를 모험하고 싶어 한다는 사실을 알고는, 아이들을 도왔습니다. 신생 웜홀의 탄생을 예측하는 일부터, 낡은 우주선을 운항할 수 있도록 수리하는 일까지요. 반대로 그 아이들은 비비가 파티클로부터 완전히 분리되도록, 비비를 밀봉하는 일을 도왔죠."

"몹시 흥미롭네요. 이 우주 어디에나 예외는 있군요."

"바로 그겁니다. 그 유리병에는 예외적인 존재, 비비가 담겨 있습니다. 하지만 웜홀을 지나면서 너무 불안정해진 탓에 유리병을 열었다간 파티클이 증식해버릴 위험이 있습니다. 증식 제어에 성공할 가능성도 있지만, 최악의 경우에는…….."

"우리 구조선이 사모나와 같은 운명을 맞게 되겠네요."

"그렇습니다. 당장 내다 버리지는 않더라도, 충분히 주의할 필요가 있습니다."

"그 유리병은 지금 어디에 있습니까?"

"꼬마들이 타고 온 우주선 안에 그대로 있습니다. 그리고 남매도 구조선을 둘러보는 일에 질렸는지 자신들의 우주선으로 돌아갔어요. 대신 조난을 막기 위해 꼬마들의 우주선을 우리 구조선과 연결해두었죠. 이제 그 남매를 어디로 보내줄지, 그리고 사모나 행성을 어떻게 할지 우리가 결정해야 합니다."

"남매는 우주를 자유롭게 모험하고 싶어 한다고 했죠?

아직 너무 어린 나이긴 하지만, 충분히 배우고 훈련한다면 불가능한 일은 아니겠네요. 그렇지만 그 파란 모래, 비비라는 존재는 정확히 무엇을 원합니까?”

“제대로 물어보지는 않았지만 제 생각에는…… 그것 역시, 모험을 원하는 것 같습니다. 그래서 자신의 행성을 떠나온 것이겠죠.”

“신기하네요. 그런 존재도 모험을 원할 수 있다니.”

“우주에는 언제나 예외가 있으니까요.”

“좋습니다. 보란 씨, 이렇게 정리해봅시다. 우선은 남매가 정식으로 우주 항해 교육을 받을 수 있는 가까운 행성을 함께 알아보도록 하죠. 비비에 대해서는, 신중하게 접근합시다. 최대한 남매와 비비 자신의 의사를 존중하되 위험을 경계하도록요. 그리고 지금 가장 중요한 건 사모나 행성에 대한 것입니다. 남매의 말대로라면 사모나 행성의 인간들은 파티클이라는 존재에게 통제받고 있고, 그럭저럭 잘 대우받고는 있으나 자유가 없는, 그런 상태가 맞습니까? 그렇다면 우리가 구조대를 파견해야 할지도 모르겠는데요.”

“그게, 박사님. 사실 남매에게 그 점을 먼저 물어보았습니다. 우리가 함부로 추측하는 것보다는 행성에 오래 살았던 아이들이 가장 잘 알지 않을까 해서요. 일단 우리 구호 단체가 하는 일을 설명해주고, 필요하다면 사모나의 인간들을 보호하기 위해 구조대를 보낼 수 있다고 했죠. 그리고 너희 행성에 구조선을 파견했으면 좋겠냐고 물었더니…….”

“그랬더니?”

“꼬마들은 한참을 고민하다가, 생각할 시간이 더 필요하다고 답하더군요. 그게 며칠 전의 일입니다. 그러고는 오늘 아침 저에게 와서 이렇게 말했죠. ‘아니요. 그러지 않는 편이 나을 것 같아요. 사모나는 그대로도 괜찮을 거예요. 정말로요.’”

“아, 그럴 수가. 어째서일까요.”

“저도 당황스럽습니다. 그 말을 어떻게 해석해야 할지 모르겠습니다. 정말 괜찮은 걸까요? 하지만 꼬마들의 말도 일리가 있습니다. 사모나가 정말로 파티클의 행성이라면,

정말로 그런 존재가 있다면…… 우리가 감히 개입할 자격 같은 건 없지 않겠습니까."